U0481100

锦章文库·文学翻译研究论丛

主　编　熊　辉
副主编　方仪力

本书获得2014年度中国博士后科学基金项目
"俄语世界唐诗的译介与研究"（2014M552352）资助

语篇语言学视域下的唐诗翻译研究
——以李白诗歌英译本和俄译本为例

李春蓉 / 著

四川大学出版社

图书在版编目（CIP）数据

语篇语言学视域下的唐诗翻译研究：以李白诗歌英译本和俄译本为例 / 李春蓉著. -- 成都：四川大学出版社，2024.9. --（锦章文库 / 王欣总主编）. -- ISBN 978-7-5690-7055-2

Ⅰ. Ⅰ207.22

中国国家版本馆CIP数据核字第2024T75A25号

书　　　名：语篇语言学视域下的唐诗翻译研究——以李白诗歌英译本和俄译本为例

Yupian Yuyanxue Shiyu xia de Tangshi Fanyi Yanjiu——Yi Libai Shige Yingyiben he Eyiben Weili

著　　　者：李春蓉
丛　书　名：锦章文库
丛书总主编：王　欣

出　版　人：侯宏虹
总　策　划：张宏辉
丛书策划：刘　畅　余　芳
选题策划：周　洁
责任编辑：周　洁
责任校对：敬雁飞
装帧设计：墨创文化
责任印制：李金兰

出版发行：四川大学出版社有限责任公司
　　　　　地址：成都市一环路南一段24号（610065）
　　　　　电话：（028）85408311（发行部）、85400276（总编室）
　　　　　电子邮箱：scupress@vip.163.com
　　　　　网址：https://press.scu.edu.cn
印前制作：成都墨之创文化传播有限公司
印刷装订：成都金龙印务有限责任公司

成品尺寸：170mm×240mm
印　　张：16
插　　页：2
字　　数：224千字
版　　次：2024年9月 第1版
印　　次：2024年9月 第1次印刷
定　　价：88.00元

本社图书如有印装质量问题，请联系发行部调换

版权所有 ◆ 侵权必究

扫码获取数字资源

四川大学出版社
微信公众号

前言

自20世纪60年代西方翻译研究借助当代语言学的快速发展，逐步走向学科化以来，这一领域出现了空前繁荣的局面，学者们借鉴了语言学多个相关领域的研究成果，形成了各种跨学科的语言学翻译研究方法。20世纪90年代以来，以超越了句子桎梏的语篇语言学为基础的翻译研究尤其受到学界的关注，成为研究的热点，形成当今翻译研究的主流方向之一。作为语篇语言学的重要研究内容之一，语篇功能由以下三个语义系统构成：主位结构、信息结构、衔接系统。

作为我国古典诗歌艺术高峰的唐代诗歌，炳耀千古，举世倾服。唐诗在西方的译介和研究既是中国文学外传的代表，也是中国文化在西方被接受的典范。从语篇语言学的视角进行唐诗翻译研究理应得到充分的关注。本书从主位结构、信息结构、衔接系统这三个方面来具体分析唐诗的俄译和英译，探究语篇功能理论在唐诗翻译方面的适用性和可操作性，并进一步探讨本研究对于翻译的启示。

本书由以下六部分组成。

绪论部分主要介绍选题缘由、研究对象和研究范围、研究方法、研究意义和本书框架。其中重点介绍选题的背景和意义。

第一章，语篇语言学与翻译研究。首先，本章综述了语篇语言学研究概况，包括英语语篇语言学研究、俄语语篇语言学研究、汉语语篇语言学研究三个部分。在对以上语种语篇语言学研究的特点进行概括的基础上，展望了语篇语言学未来的发展方向。其次，本章基于语篇语言学的语篇翻译理论，对英语语篇翻译研究和俄语语篇翻译研究进行了梳理。研究发现：美国的话语分析受传统人类学研究方法的影响，关注自然环境中人与人的交际，研究语言事件的各种类型，强调研究谈话中参与者的行为、谈话的准则、话轮的转换等。英国的语篇分析受韩礼德的系统功能语言学的影响，强调语言的社会功能，如口语和书面语的主位结构、信息结构，以及语篇的衔接等。此外，话语分析和其他学科的交叉研究也是英语语篇语言学的显著特点之一，如话语和语法、话语和认知、话语和交际、话语和语义等受到研究者的广泛关注，成为研究的热点。俄罗斯语篇语言学的研究主要分为三个方面：（1）复杂句法整体的研究；（2）句子的实义切分、句子的词序；（3）句际联系。这三个方面互相补充、共同发展，它们是俄罗斯语篇语言学不同发展时期的产物。目前，俄罗斯语篇语言学已经成为一门独立的学科，并且从修辞、语义、语用等多角度进行语篇研究。随着俄罗斯语篇语言学研究的不断深入，已衍生出几个独立的学科，其中包括语篇的一般理论、语篇语法、语篇修辞等。汉语学界运用西方语篇语言学理论来研究汉语，弥补传统语言研究的不足，在此基础上建构汉语语篇语言学。这对当代汉语语言学研究起到重要的补充作用。从目前来看，汉语语篇语言学正处于充满活力、向前发展的时期，研究领域不断拓展，研究队伍不断扩大，研究成果也层出不穷。

目前，国内翻译理论界已初步形成一个翻译研究的语篇语言学方向，这对推动我国翻译理论和实践研究的发展具有积极的作用。语篇语言学的语篇翻译研究构建了新的翻译理论研究模式，诠释了翻译研究的一些核心概念。虽然目前的研究还处于初始阶段，还存在一些问题和不足，但近年的研究成果表明，该研究领域有着明确的发展趋势和光明的前景。

第二章，主位结构与唐诗翻译。本章对主位结构这种语言形式在承载语篇意义方面的作用展开研究。研究发现：保留源语语篇与译语语篇主位结构的转换可以最大限度地传达源语语篇的信息。源语语篇语言结构与发话者传递的信息密切相关。源语语篇与译语语篇在主位结构选择方面的差异导致译语语篇传递源语语篇的信息的差别。因此，从语篇功能对等角度来考虑，译语语篇的主位结构越接近源语语篇的结构，就越能够忠实地传递源语语篇所承载的信息。源语语篇与译语语篇的主位结构转换分为三种类型：（1）完全对等；（2）不完全对等；（3）不对等。据此，我们把主位结构翻译策略分为三类：（1）沿袭原文的主位结构；（2）部分调整原文主位结构；（3）改变原文主位结构。主位结构观照下的翻译策略认为，在不违背目的语语篇规律的基础上，译者应尽量保留原文的主位结构，以便准确忠实地传达原文的意思。当由于汉英俄语言句式、语法、表达习惯等的差异，无法完整保留原文的主位结构时，译者应具体问题具体分析，适时进行部分调整，或完全改变主位结构。

第三章，信息结构与唐诗翻译。本章从信息结构来分析唐诗外译的转换方式，关注主位结构与信息结构的关系。研究发现：就出现顺序而言，已知信息既可以在新信息之前出现，也可以在新信息之后出现。这一点与实义切分理论的观点相悖，即主位必须先于述位。在缺乏上下文和特定语境的诗歌语篇中，语篇信息还可以由词序、衔接关系来表示。这是因为主位的切分离不开句子成分的先后顺序，信息结构的划分则可以由词序和衔接方式来决定。我们在诗歌的主位信息分布中有了以下发现：（1）主位表示已知信息；（2）主位表示新信息；（3）主位起衔接作用。在述位信息分布中有了以下发现：（1）述位表示已知信息；（2）述位表示新信息；（3）述位表示新信息＋已知信息。此外，诗歌语篇中主位大多表示新信息，这是由诗歌语篇的语言特点决定的，即诗歌语篇中上下文和语境的缺失。而上下文和语境是语篇已知信息和新信息的重要判断依据。源语语篇与译语语篇的信息结构转换分为三种类型：（1）完全对等；（2）不完全对等；（3）不对等。据此，我们把信息结构翻译策略分为三类：（1）沿袭原文的信息结构；（2）部分调整原文信息结构；（3）改变原文信息结构。

源语语篇的主位推进模式在很大程度上体现了作者的交际意图和写作思路。主位推进模式中的主位同一型、集中型、延续型及交叉型能够帮助译者更全面、更准确地理解原文。在翻译过程中，译者保持译文结构与原文结构的主位推进模式，就能使译文忠实于原文的信息结构。主位推进模式在翻译中的应用有助于理解语篇的整体含义，做到翻译时译文与原文的整体对应，从而保障译文质量。在语篇翻译中，译者只有在译文中再现或重建原文主位推进模式，才能达到与原文相近的语篇效果，即源语语篇的主位推进模式所体现的语篇目的和整体语篇效果。我们在探讨翻译中源语和译语间主位推进模式的转换规律的基础上，提出主位推进模式的翻译策略。研究表明，顺应原文主位推进模式有助于构建衔接得当、语义连贯的译文，再现原文信息结构所产生的交际效果。

第四章，衔接与唐诗翻译。本章关注基于衔接系统的唐诗外译研究。研究发现：汉英俄诗歌语篇均使用衔接手段来达到语篇连贯的目的，而且使用的衔接手段数量近似。汉英俄诗歌语篇在各种衔接手段的使用频率上存在以下特点：（1）照应是英语语篇大量使用的语篇衔接手段，汉俄语篇则较少使用照应；（2）汉英俄诗歌语篇均不倾向于使用替代；（3）省略是汉俄常用的语篇衔接手段，英语则少用省略；（4）汉语和英语少用连接词，俄语连接词的使用频率高于汉英语；（5）汉英俄诗歌语篇词语复现的使用大同小异。原文与译文衔接手段的同与异决定了译者在翻译时采用何种翻译策略。据此，我们把衔接手段翻译策略分为两类：（1）沿袭原文的衔接手段；（2）改变原文的衔接手段。语篇衔接观照下的翻译策略认为，是否保留原文的衔接手段，取决于能否准确忠实地传达原文的意思。由于语言在词序和衔接手段方面的差异，译文往往无法完整保留原文的衔接手段，这时译者应适时改变译文的衔接手段来进行翻译转换。

结论部分回顾本书的研究成果，指出研究中尚待解决的问题，以及可能借鉴本研究成果的其他研究领域。

本书获得2014年度中国博士后科学基金项目"俄语世界唐诗的译介与研究"（2014M552352）资助。

笔者的学术成长受益于众多学界前辈和同仁，在写作本书的过程中也参考了大量国内外文献资料。由于篇幅有限，参考文献中未能一一列出，在此谨向这些作者和编者致以诚挚的感谢。同时，衷心感谢四川大学出版社编辑张晶老师、周洁老师给予的支持，有你们的帮助，本书才得以出版。

吾生而有涯，而知也无涯，将所学所思付梓出版，以求教于大方。奈何笔者才疏学浅，学术水平和理论功底有限，书中谬误和疏漏之处在所难免，敬请各位专家和读者不吝赐教。

李春蓉
2024年6月于成都

目录

0 **绪论** / 001

1 **语篇语言学与翻译研究** / 015

 1.0 引言 / 016

 1.1 语篇语言学研究概述 / 017

  1.1.1 英语语篇语言学研究 / 017

  1.1.2 俄语语篇语言学研究 / 021

  1.1.3 汉语语篇语言学研究 / 026

 1.2 语篇翻译研究概述 / 030

  1.2.1 英语语篇翻译研究 / 032

  1.2.2 俄语语篇翻译研究 / 038

 1.3 小结 / 045

2 **主位结构与唐诗翻译** / 047

 2.0 引言 / 048

 2.1 英语主位结构研究与语篇翻译 / 051

  2.1.1 源语与英译的主位结构对比分析 / 053

  2.1.2 主位结构英译策略 / 067

 2.2 俄语实义切分理论研究与语篇翻译 / 071

  2.2.1 源语与俄译的主位结构对比分析 / 072

  2.2.2 主位结构俄译策略 / 082

2.3 英译与俄译的主位结构对比分析　/ 085

2.4 小结　/ 090

3 信息结构与唐诗翻译　/ 093

3.0 引言　/ 094

3.1 信息结构与语篇翻译　/ 096

3.1.1 源语与英译的信息结构对比分析　/ 102

3.1.2 信息结构英译策略　/ 106

3.1.3 源语与俄译的信息结构对比分析　/ 109

3.1.4 信息结构俄译策略　/ 112

3.2 主位推进模式与语篇翻译　/ 116

3.2.1 源语与英译的主位推进模式对比分析　/ 125

3.2.2 源语与俄译的主位推进模式对比分析　/ 139

3.3 小结　/ 146

4 衔接与唐诗翻译　/ 147

4.0 引言　/ 148

4.1 衔接手段对比与语篇翻译　/ 151

4.1.1 源语与英译的衔接手段对比分析　/ 153

4.1.2 衔接手段英译策略　/ 167

4.1.3 源语与俄译的衔接手段对比分析　/ 172

4.1.4 衔接手段俄译策略　/ 183

4.2 英译与俄译的衔接手段对比分析　/ 190

4.3 小结　/ 192

5 结论 / 193

6 附录 / 201
    附录Ⅰ 诗仙远游：李白诗歌在俄国的译介与研究 / 202
        互鉴与融合：唐诗的传播与影响 / 217
    附录Ⅱ 李白诗歌选译 / 222

7 参考文献 / 233

绪论

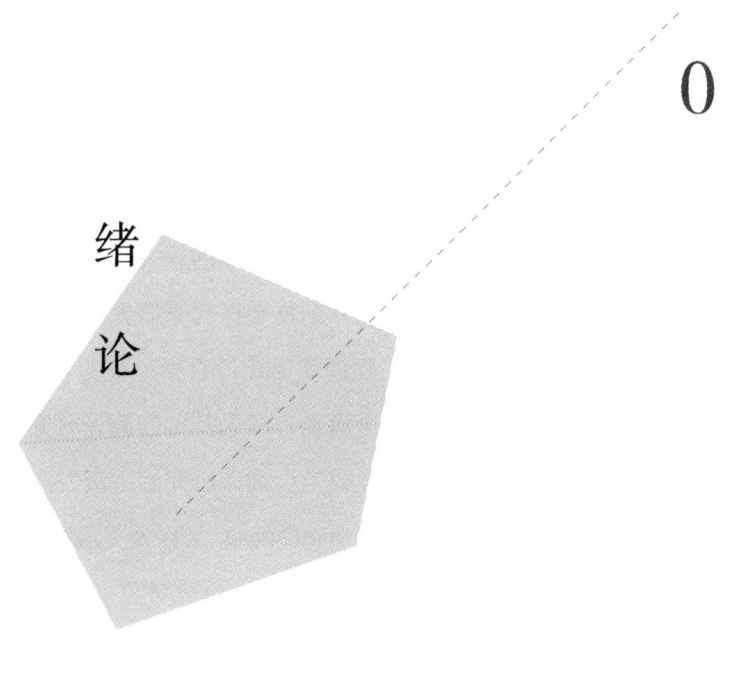

0

选题缘由

自 20 世纪 60 年代西方翻译研究借助当代语言学的快速发展逐步走向学科化以来，这一领域出现了空前繁荣的局面，学者们借鉴了语言学多种相关领域的研究成果，形成了各种跨学科的语言学翻译研究方法。其中包括翻译的普通语言学研究、翻译的语义学研究、翻译的语用学研究、翻译的修辞学研究、翻译的社会语言学研究、翻译的符号学研究、翻译的认识语言学研究、翻译的语篇语言学研究等。20 世纪 90 年代以来，以超越了句子桎梏的语篇语言学为基础的翻译研究尤其受到学界的关注，成为研究的热点，形成当今翻译研究的主流方向之一。

"语篇语言学"（text linguistics）又称为"语篇分析"（discourse analysis）。语篇语言学以连贯言语为研究对象，研究比句子更大的语言单位，研究语篇中的句子排列、衔接与连贯，是一种超句法分析。语篇语言学的目的在于阐释人们如何构造和理解各种连贯的语篇。语篇语言学主张在特定的语言环境中考察语言单位，因为只有在特定的语言环境中才能确定语言单位的交际功能。语篇语言学的理论基础源于布拉格功能学派。此后，语篇语言学在发展的进程中，吸收了包括语言学、符号学、心理学、人类学、社会学、文学等学科的研究成果。20 世纪 60 年代末至 70 年代初，语篇语言学逐渐成为一门独立的学科，专门研究交际中语言使用的情况。

关于语篇的界定，俄罗斯语言学家加利别林（И. Р. Гальперин）认为："语篇是言语创造过程的产物，它具有完整性，以书面形式呈现，由一系列通过词汇、语法、逻辑、修辞等各种衔接手段联系起来的特别的单位（超句统一体）组成，具有确定的目的性和实用性。"[1] 英国语言学家韩礼德（M. A. K. Halliday）把语篇视为一个语义单位。韩礼德认为："语篇一词在语言学中指一个任何长度的、语义完整的口语或书面语的段落。"他还阐释了语篇与句子的关系："语篇与句子之间的关系是体现关系（realization），即语篇不是由句子组成，而是体现为句子。"[2]

语篇语言学的兴起和发展对翻译理论与实践的探讨起到了巨大的推动作用。这主要是因为"语篇语言学不再限定于研究语言本身，而是把视野扩展到语境和语言的交际功能"[3]。语篇语言学把文本视为交际活动，而不是一串串定形的文字与结构；研究语言的使用，而不是把语言作为一个抽象的系统[4]。由于语篇语言学把视野扩展到语境和语言的交际功能，在翻译实践中，已有不少人把语篇当作翻译对象和基本单位[5]。语篇翻译就是以语篇为准进行翻译操作。语篇翻译主张将译者的视野从字句扩展到句群、篇章等更大的语言单位。

---

1 Гальперин И. Р. Текст как объект лингвистического исследования. М.：Издательство Наука, 1981, С. 18.

2 Halliday, M. A. K., Hasan R. *Cohesion in English*. London and New York: Longman Publishing House, 1976, pp. 1-2.

3 Baker, M. *In Other Words: A Coursebook on Translation*. London: Routledge, 1992, pp. 4-5.

4 Baker, M. *In Other Words: A Coursebook on Translation*. London: Routledge, 1992, pp. 4-5.

5 司显柱，《论语篇为翻译的基本单位》，载《中国翻译》1999 年第 2 期，第 14-17 页。

国内从语篇语言学的视角进行翻译研究的语料可谓种类繁多，有文学类翻译和信息类翻译（包括法律语篇、科技语篇、政论语篇、旅游语篇等）。值得关注的是，其中有少数学者从诗歌翻译的角度进行了语篇语言学的翻译研究，如黄国文、斯琴、艾平、吴迪龙等，但研究还有待深入。就目前的研究情况来看，从语篇语言学的视角对多语种的唐诗外译进行对比研究的成果还很鲜见。

作为唐诗艺术高峰的李白诗歌，炳耀千古，举世倾服。李白诗歌在西方的译介和研究既是中国文学外传的代表，也是中国文化在西方被接受的典范。1776年至1814年，法国汉学家钱德明（Jean Joseph Marie Amiot，1718—1793）编著丛书"北京传教士关于中国历史、科学、艺术、风俗、习惯录"（"Mémoires concernant l'histoire, les sciences, les arts, les mœurs et les usages des Chinois"）。该丛书共十六卷，第五卷于1780年出版，其中就有钱氏所写李白传记。从此，李白其人及其诗歌就进入了西方的文化视野，受到了西方学者的长期关注。笔者在博士后研究期间带领科研团队，完成了四川省社科规划项目"诗仙远游——李白诗歌在西方的译介与研究"。课题组集结国内外精通法、英、俄、德语的学者，在广收李白诗歌法、英、俄、德译本的基础上，对李白诗歌在上述目的语国家的译介与阐释史进行勾勒。本研究以李白诗歌在西方主要国家的译介、传播、接受为研究对象，以跨文化的视野，运用对比研究的方法，研究李白诗歌在异域文化中传播的共性和个性，以及在走向世界的过程中所遭遇的问题。本研究借助跨文化理论，客观评述李白诗歌在西方主流国家的传播和接受，通过比较李白诗歌在这些国家的翻译及相关研究，深究李白诗歌翻译背后的跨文化深层互动与交流机制，寻求通过文学译介提升中华文化软实力的途径。其中，笔者主要负责撰写关于李白诗歌在英语世界和俄语世界译介与研究的相关内容。这是本书选择李白诗歌俄译本和英译本作为研究语料的主要原因。

通过以上研究，我们认为，从语篇语言学的视角对李白诗歌的翻译成果进行深入考察理应得到充分的关注。因此，本书基于语篇语言学的视角，对李白诗歌英译本和俄译本进行较为系统的跨语系、多语种的对比研究。

研究对象和研究范围

从国内以语篇语言学为基础的唐诗翻译研究的现状来看，有以下三点值得注意：（1）语篇语言学视角下唐诗英译研究最为充分；（2）语篇语言学视角下唐诗外译为其他语种的研究相对较少；（3）语篇语言学视角下唐诗外译的多语种对比研究鲜见。李运兴指出："最理想的情况当然是同时运用跨语系的多语言对组的语料进行论证。不过，语料的单一性问题不只是翻译研究的缺憾，恐怕也是语言研究中的一个缺憾。"[1] 因此，在本书中，我们将在语篇语言学理论的观照下，从主位结构、信息结构、衔接系统三个角度对唐诗英译和俄译进行较为系统的对比研究，对唐诗的外译进行研究和评价，揭示唐诗外译过程中的共性和个性问题，并提出相应的翻译策略。

语篇语言学认为，语篇功能指的是人们在使用语言时怎样把信息组织好，同时表明一条信息与其他信息之间的关系[2]。语言的语篇功能由以下三个语义系统构成：主位结构、信息结构、衔接系统。

主位结构把句子划分为两个语义部分：主位（theme）和述位（rheme）。主位和述位的划分着眼点是词语在句子中的交际功能，旨在研究语句信息的分布情况，主位作为信息的出发点，将交际双方彼此

---

[1] 李运兴，《语篇翻译引论》，北京：中国对外翻译出版公司，2001年，第23页。
[2] 黄国文，《翻译研究的语言学探索——古诗词英译本的语言学分析》，上海：上海外语教育出版社，2006年，第52页。

都很熟悉或已有所闻的内容传递出去，述位传递的信息是受话者所未知的内容。这种切分方法对我们了解发话者的语义意图和组织语句的手段、探索句子组合与句子内容之间的关系以及探索和揭示语篇的构成规律都大有裨益；语篇语言学中的"信息"指的是发话人传递给受话人的音信（message）内容。韩礼德结合了语篇功能和语篇结构的研究，从语言学的角度重新解释了信息理论，受到了语篇语言学研究的广泛关注。交际双方的言语过程中已知内容和未知内容之间的相互作用就是信息的交流，"信息结构"就是将语言构建成为"信息单位"（information unit）的结构，它的实质就是已知信息和未知信息互相作用，从而构成信息单位的结构。其中，已知信息是交际过程中已经出现过的或在语境的帮助下可间接判定的成分，是说话人呈现给听话人的具有可恢复性的信息，或者前文已经提过，或者说话人想把某人或某事作为对方明白的信息提供给听话人；未知信息则是交际过程中尚未出现或者无法通过语境来进行判定的成分，不具备可恢复性，可能前文未曾谈及，也可能是听话人没有意识到。每个信息单位中，新信息即未知信息是必须存在的，已知信息则可以取舍。信息与信息之间的联系组成了语篇要传递的动态信息发展脉络，把整个语篇以该信息网络的形式联系起来；衔接是语篇中的某一成分和对其形成解释关系的其他成分之间的语义关系。任何表达话语中的语义关系的特征都可以看作衔接特征。连贯是语篇在情景语境中产生的总体效应，即一个连贯的语篇一定符合其相应的话语范围系统、话语基调系统及话语方式系统选择出来的特征，因此语篇连贯是衡量语篇的一致性和完整性的标准。

　　语篇功能是汉英俄三种语言的共有功能。但由于汉语是分析型为主的语言，语言中的语法手段主要通过虚词、词序来表示；俄语是综合型语言，具有丰富的屈折变化，主要通过词本身的形态变化来表达语法意义；现代英语则是从综合型向分析型发展的语言。因此这三个语种的语篇在语篇功能的体现形式上是有差别的，而这种差异性将成为研究关注的重点。

语篇功能贯穿诗歌的各个组成部分，让分散的意象及其内涵融为一个整体，实现全诗的整合性和完整性。本研究将分别从主位结构、信息结构、衔接系统这三个方面来具体分析唐诗的俄译本和英译本，探究语篇功能理论在唐诗翻译方面的适用性和可操作性，并进一步探讨本研究对于翻译的启示。

研究方法

定量分析法和个案分析法

本研究采用实证性研究方法。研究的结论以及与此相联系的所有观点，都是以真实、可靠的语料支持的。一方面，研究的成果用资料和数据支持；另一方面，研究的结果除了要求真实可靠，同时要能有效说明研究者的观点。

对比分析法

本研究语料来自唐诗的英俄译本（语料来源见附录Ⅲ）。研究中，我们将遴选唐诗的英译本和俄译本，采用原作和这两种诗歌译文对照的方法，对比研究唐诗外译。

本研究遵循跨学科研究的一般科学方法，即演绎、归纳与对比，在语篇语言学理论观照下，对唐诗的俄译本和英译本进行对比分析。理论阐述与翻译实践相辅相成，体现了逻辑严谨性。此外，本研究在广泛涉猎语篇语言学及诗歌翻译理论原著的基础上进行了广泛的理论思考。

研究意义

本研究所要进行的是跨语系、多语种的语篇对比与翻译研究，无论是在理论研究还是实践指导上都具有重要意义。

理论意义

理论上，一方面，本研究完善和丰富了语篇翻译理论，为我国学界组织力量更好地翻译唐诗寻求理论指导，这将会推进翻译理论与实践的研究与建设工作；另一方面，本研究将对对比语言学的发展尽绵薄之力。目前国内研究汉语特点的著作大都以汉英／英汉对比的材料为依据，这样的研究毫无疑问是有利于汉语研究的，但也有一定的局限性。关于这一点，胡壮麟曾指出，涉及不同语种的语料越多，越能说明问题[1]。张会森也认为："目前国内研究汉语特点的论著，大都是以汉英／英汉对比的材料为依据，这就使得出的结论有很大的局限性。"[2] 因此，要真正认识汉语的本质，就应当进行多语种的对比研究。正如李运兴指出："最理想的情况当然是同时运用跨语系的多语言对组的语料进行论证。不过，语料的单一性问题不只是翻译研究的缺憾，恐怕也是语言研究中的一个缺憾。"[3]

---

1   胡壮麟，《语篇的衔接与连贯》，上海：上海外语教育出版社，1994年，第iv页。
2   张会森，《俄汉语对比研究》，上海：上海外语教育出版社，2004年，第4页。
3   李运兴，《英汉语篇翻译》，北京：清华大学出版社，2003年，第23页。

实践意义

本研究具有以下实践意义。首先,本研究能为外语教学和对外汉语教学提供一些有益的启示。通过对比研究,我们可以认识语言的共性和个性,了解语言的发展规律,促进外语教学和对外汉语教学。其次,本研究成果可用于指导翻译实践。

本书框架

本书由三部分组成：绪论、正文四章和结论。

绪论部分主要介绍选题缘由、研究对象和研究范围、研究方法、研究意义和本书框架。其中重点介绍选题的背景和意义。

正文共分为四章：

第一章是语篇语言学与翻译研究。首先，本章综述了语篇语言学的研究概况，包括英语语篇语言学研究、俄语语篇语言学研究、汉语语篇语言学研究三个部分。在对以上语种语篇语言学研究的特点进行概括的基础上，展望了语篇语言学的未来发展方向。其次，本章讨论了基于语篇语言学的语篇翻译理论，并梳理了英语语篇翻译研究和俄语语篇翻译研究。

第二章是主位结构与唐诗翻译。本章对主位结构这种语言形式在承载语篇意义方面的作用展开研究。研究以唐诗英译和俄译本为研究语料，尝试从主位结构对比分析李白诗歌的英译和俄译，探讨汉英俄主位结构方面的差异，以及由此导致的翻译转换的策略。

第三章是信息结构与唐诗翻译。本章从信息结构来分析唐诗外译的转换方式，关注主位结构与信息结构的关系。一方面，主位所负载的往往是已知信息。但值得注意的是，主位结构与信息结构并不是一一对应的。主位与已知信息，述位与新信息会发生错位。研究以唐诗英译和俄译本为研究语料，对比分析李白诗歌英译本和俄译本的信息结构，以此探讨汉英俄信息结构方面的差异,以及相应的翻译转换策略。

第四章是衔接与唐诗翻译。本章关注基于衔接系统的唐诗外译研究。衔接是构成语篇的重要条件,语篇翻译过程中,对语篇衔接的研究有着非常重要的作用。本章从语篇衔接的视角关注唐诗外译,分析译本在语篇衔接层面转换的得失,考察唐诗外译中语篇衔接重构的现状,并提出相应的翻译策略,以期为提高诗歌语篇翻译质量提供借鉴。

结论部分回顾本研究的研究成果,指出研究中尚待解决的问题以及可能借鉴本研究成果的其他研究领域。

语篇语言学
与
翻译研究

1.0 引言

"语篇语言学"(text linguistics)又称"语篇分析"(discourse analysis),研究比句子更大的语言单位,即语篇中句子排列(sentence arrangement)、衔接(cohesion)和连贯(coherence),是一种超句法分析[1]。一般说来,英美国家的学者倾向于使用"discourse analysis",而欧洲大陆的学者则常用"text linguistics"。[2]胡壮麟认为,"语篇语言学""语篇分析"两种说法基本上是同义的[3]。语篇语言学源于20世纪初的布拉格学派(the Prague School 或 the Prague Circle)[4]。该学派认为,语言是社会的产物,语言的基本功能是交际。他们把语言看作一种社会现象,强调语言的社会交际功能。20世纪50—60年代,语篇语言学发展缓慢,直到60年代末、70年代初才有了进一步的发展。1967年,"语篇语言学"这一术语正式由德国语言学家瓦恩里希(H. Weinrich)提出。在此之后,语篇语言学吸收了包括语言学、符号学、心理学、人类学、社会学、文学等学科的研究成果,慢慢形成了一种专门研究交际中语言使用情况的涉及多个学科的学问。

---

1 黄国文,《语篇分析概要》,长沙:湖南教育出版社,1988年,第4页。
2 黄国文,《语篇分析的理论与实践》,上海:上海外语教育出版社,2001年,第9页。
3 胡壮麟,《语篇的衔接与连贯》,上海:上海外语教育出版社,1994年,第3页。
4 1926年,马泰休斯领导召开了布拉格语言学会的第一次会议,标志着布拉格学派的形成。

1.1 语篇语言学研究概述

各国学者对语篇语言学的发展做出了积极的努力，他们的研究促成了语篇语言学的发展。其中包括美国社会学家海姆斯（D. H. Hymes）、语言学家哈里斯（Z. Harris）和哲学家塞尔（J. Searle），英国语言哲学家奥斯汀（J. Austin）、格莱斯（H. P. Grice）、语言学家韩礼德等，俄语语言学家拉斯波波夫（И. П. Распопов）、索尔加尼克（Г. А. Солганик）、洛谢娃（Л. М. Лосева）等，汉语语言学家廖秋忠、陈平、屈承喜、徐赳赳等，德语语言学家德莱斯勒（W. U. Dressler）、斯米特（S. J. Schmidt）等。

1.1.1 英语语篇语言学研究

英语语篇语言学研究的先行者首推哈里斯（Z. Harris）。1952年，哈里斯写了一篇题为《话语分析》（"Discourse Analysis"）的论文，首次提出"话语分析"这一术语。哈里斯试图运用美国结构主义的研究方法进行语篇分析，提出一种分析连贯口头语和书面语的方法。此后，一批西方英语学界的研究者相继进入这个研究领域，进行探索性的研究。海姆斯在《文化和社会中的语言》（*Language in Culture and Society*）一书中已经注意到"言语交际"的形式。此外，派克（K. Pike）对语言和人类行为的研究也促进了话语分析的发展。

20世纪60—70年代以来，英语语篇语言学开始形成。这一时期英美的语篇语言学研究具有鲜明的特点：研究者关注语言的运用、语言的变异、言语行为、会话、独白、语篇结构、交际活动、认知和语境等新的研究视角。大量相关的论文、论文集和专著得以出版。代表性论文集有《语篇语法研究》（*Studies in Text Grammar*，Rieser，1974）、《语篇和句子：语篇语言学的基本问题》（*Text vs. Sentence: Basic Questions of Textlinguistics*，Petofi，1978），《话语论文集》（*Papers on Discourse*，Grimes，1978）等。专著主要有《超语段》（*Suprasegmentals*，Lehister，1970）、《语篇语法的若干问题》（*Some Aspects of Text Grammar*，van Dijk，1972）、《英语的衔接》（*Cohesion in English*，Halliday，1976）、《文学语篇的衔接》（*Cohesion in Literary Text*，Gutwinski，1976）、《语篇和语境》（*Text and Context*，van Dijk，1977）等。

英语语篇语言学研究在 80 年代得到了长足的发展。1981 年，杂志《语篇》（*Text*）在荷兰创刊，这是语篇语言学成为一门独立学科的标志之一。这一时期的代表性著作有《话语分析》（*Discourse Analysis*，Brown & Yule，1983）、《话语语法》（*The Grammar of Discourse*，Longacre，1983）、《功能语法导论》（*An Introduction to Functional Grammar*，Halliday，1985）等。荷兰语言学家范迪克（van Dijk）于 1985 年编辑出版了四卷本《话语分析手册》（*Handbook of Discourse Analysis*），该手册是语篇语言学学科体系形成的标志。

在以上提到的语篇语言学理论中，韩礼德创建的系统功能语言学（Systemic-Functional Linguistics）在当今世界语言学界具有广泛和深远的影响，是一种适用于语篇分析的理论。这一理论的观点和分析方法在语篇分析中已经得到了广泛的应用。韩礼德自己也说："建构系统功能语法的目的之一是为语篇分析提供一个分析框架。"[1]

韩礼德是英国当代语言学家，也是当今世界最具影响力的语言学家之一。韩礼德的语言学理论源于欧洲的语言学传统。其一是伦敦学派的马林诺夫斯基（B. Malinowski）和费思（J. R. Firth），他们关于语境的学术观点使韩礼德受益匪浅。马林诺夫斯基认为一种语言与该语言的民族文化、社会生活和习俗紧密相关，不参照语境就难以正确理解语言。费思认为情景语境和言语功能类型的概念可以抽象为纲要式的结构成分，并对情景语境的内部关系进行了描写。其二是哥本哈根学派的也姆斯列夫（L. Hjelmslev）的语符学。其三是以马泰休斯（Vilem Mathesius）为首的布拉格学派的研究。布拉格学派的功能主义，特别是交际动态（Communicative Dynamism）理论对韩礼德的语篇功能理论的建立影响深远。韩礼德的语言学理论同时也受到美国语言学传统的影响。其一是以萨丕尔（E. Sapir）、沃尔夫（B. L. Whorf）为代表的人类学传统。他们提出著名的语言相关性理论——萨丕尔—沃尔夫假说（Sapir-Whorf hypothesis），该假说指出，人类想表达的意义并非完全一致，语言使用者不自觉受到各自文化的影响。其二是兰姆（S. M. Lamb）的层次语法。韩礼德与兰姆在美国相识，学术观点一致，倾向于系统理论和层次理论的一致性，承认语言的文化语境。

韩礼德创立的系统功能语法从社会学角度出发，重视语言功能，影响了语言学的各个领域，如语篇分析、翻译研究、语言教学、文体学等。系统功能语法包括两个方面：系统语法（Systemic Grammar）和功能语法（Functional Grammar）。其中功能语法试图揭示语言是人类交

---

[1] Halliday, M. A. K. *An Introduction to Functional Grammar*. London：Arnold，1994，p. ⅹⅴ.

流的一种手段。该理论基于这样一种假设，即语言需要发挥的功能决定了语言的系统和形式。因此，系统功能语法把实际使用的语言现象作为研究对象。韩礼德认为，语言是社会活动的产物，语言发挥一定的功能，社会需求决定语言的结构。语言的功能与分析文本密切相关。作为人类活动的产物和人类交际的工具，语言承担各种各样的功能。韩礼德把语言的功能分为三类：概念功能（ideational function）、人际功能（interpersonal function）和语篇功能（textual function）。其中，语篇功能通过三种方式得以体现：主位结构（thematic structure）、信息结构（information structure）和衔接（cohesion）。

国内英语学界很早就开始关注韩礼德的系统功能语法研究。1977年，《谈谈现代英语语法的三大体系和交流语法学》一文最早论述了系统功能语法的功能理论[1]。文中论述了语言的三大功能和语域等概念，从而拉开了中国英语学界研究韩礼德系统功能语言学的序幕。1978年以来，中国英语学界学者分赴英国、澳大利亚、新西兰等国进修，国内关于韩礼德系统功能语言学的介绍和科研成果明显增多，进而影响到语篇语言学、翻译研究、话语分析、外语教学等领域。目前，围绕着韩礼德形成的系统功能语言学家的队伍中就有许多中国学者，包括胡壮麟、黄国文、姜望琪、朱永生、张德录等。

以英美为代表的英语语篇语言学研究的特点是，美国的话语分析受传统人类学研究方法的影响，关注自然环境中人与人的交际，研究语言事件的各种类型，强调研究谈话中参与者的行为，如谈话的准则、话轮的转换等。英国的语篇分析受韩礼德的系统功能语言学的影响，强调

---

[1] 方立、胡壮麟、徐克容，《谈谈现代英语语法的三大体系和交流语法学》，载《语言教学与研究（增一）》，1977年，第49页。

语言的社会功能以及口语和书面语的主位结构和信息结构、语篇的衔接等。此外，话语分析和其他学科的交叉研究也是英语语篇语言学的显著特点之一，如话语和语法、话语和认知、话语和交际、话语和语义等受到研究者的广泛关注，成为研究的热点[1]。

1.1.2 俄语语篇语言学研究

苏联的语篇语言学研究早于英美，对语篇与话语问题的探索多年来从未中断[2]。俄语语篇语言学的研究内容主要包括三个方面：（1）语篇超句结构的研究；（2）语篇实义切分理论的研究；（3）语篇句际连接的研究。

苏联语篇语言学的研究始于对语篇超句结构的研究。最早探索超句结构的学者当属罗蒙诺索夫（М. В. Ломоносов）。他首先提出"圆周句"（период）的概念。20世纪40年代末至50年代初，苏联语言学家开始关注一种大于句子的结构——复杂句法整体（сложное синтаксическое целое）。1948年是俄罗斯语篇语言学的诞生年，其标志是这一年先后发表或出版了菲古洛夫斯基（Н. А. Фигуровский）的《从单句句法到话语句法》（«От синтаксиса отдельного предложения к синтаксису целого текста», 1948）、波斯别洛夫（Н. С. Поспелов）的《复合句法整体及其主要结构特点》（«Проблемы сложного синтаксического целого в современном русском языке», 1948）两篇文章及其他人的一些著作。其中，波斯别洛夫以最客观的方式提出了复杂句法整体问题。根据句子与句子是联系的，以及要表达"说话人复杂

---

1 徐起起，《话语分析二十年》，载《外语教学与研究》1995年第1期，第14-20页。
2 陈平，《话语分析说略》，载《外语教学与研究》1987年第3期，第4-19页。

的创作思想"的原则,波斯别洛夫断言在我们的言语中存在着一个特殊的句法单位,他把它称作"复杂句法整体"。对复杂句法整体的研究打破了传统句法学把研究局限在句子范围内的桎梏,从而开创了俄语语篇语言学的研究。研究的代表著作主要有索尔加尼克的《现代俄语的复杂句法整体及其形态》(«Сложное синтаксическое целое и его виды в современном русском языке», 1969)、谢利曼(Т. И. Сельман)的《句法修辞问题》(«Проблемы синтаксической стилистики», 1973)、索尔加尼克的《语篇修辞学》(«Стилистика текста», 1997)等。

俄语语篇语言学对实义切分(актуальное членение)的研究基于马泰休斯的实义切分理论。19 世纪,德裔法籍学者威尔(Henril Weil)首次在《古代语言与现代语言的语序比较》中提出主位概念。20 世纪二三十年代,布拉格学派创始人马泰休斯接受并进一步发展了威尔的思想,并在此基础上提出了实义切分理论,主张在连贯言语中揭示具体的意义。句子的实义切分就是句子根据其交际任务进行的意义切分,它揭示句子在相应的连贯语言中的直接的、具体的意义。同一形态组织的句子由于交际任务的不同,就会有不同的结构、不同的意义。马泰休斯认为,一个句子可以划分为主位、述位、连位三个部分。主位是句子叙述的出发点和对象,表示已知的信息;述位是表述的核心、说明对象,表示新的信息。马泰休斯的实义切分理论解决了句子的词序问题,促进了句法学、语篇语言学、语义学、语用学、翻译学等学科的发展[1]。

苏联语篇语言学对实义切分理论的研究始于克鲁舍利尼茨卡娅(К. Г. Крушельницкая)。1956 年,她在苏联发表了第一篇关于

---

1 参见:李春蓉,《实义切分理论研究的历史及现状》,载《牡丹江师范学院学报(哲学社会科学版)》2012 年第 1 期,第 71-74 页。

实义切分思想的文章《谈句子的意义切分问题》（«К вопросу о смысловом членении предложения»），在文中反对心理学派提出的"心理主语""心理谓语"等术语，主张用"旧知"和"新知"来代替，该论文开辟了实义切分理论在苏联的研究。20世纪六七十年代，苏联掀起了研究实义切分的高潮，拉斯波波夫（И. П. Распопов）指出，实义切分取决于话语的交际任务，语法切分和实义切分处于不同的结构层次。这一时期是苏联实义切分理论研究的高潮期。仅至1970年，围绕这一理论发表的论文就多达600余篇[1]。1961年苏联出版了拉斯波波夫的《句子的实义切分》（«Актуальное членение предложения»）一书，这是苏联第一部关于俄语实义切分的专著。与同时期的布拉格学者持相同的观点，作者强调，实义切分取决于话语的交际任务，并从交际句法的角度对简单句进行了分类。这一时期的其他代表作还有：科夫图诺娃（И. И. Ковтунова）的《现代俄语——词序与句子的实义切分法》（«Современный русский язык: Порядок слов и актуальное членение предложения»，1976）、克雷洛娃（О. А. Крылова）和哈夫洛尼娜（С. А. Хавронина）的《俄语词序》（«Порядок слов в русском языке»，1984）等。

20世纪80年代以后，当代俄罗斯大多数语言学家已经接受并认同了实义切分理论。实义切分理论与句子结构模式、语义学、语用学等语言学科一样，成为当今俄罗斯语言学研究的热点。1992年，克雷洛娃的专著《俄语交际句法》（«Коммуникативный синтаксис в русском языке»）的出版标志着当代俄罗斯对俄语实义切分理论的研究进入了一

---

[1] 王福祥，《俄语实际切分句法》，北京：外语教学与研究出版社，1984年，第6页。

个新的阶段。至此，俄语的实义切分研究经历了一个由句子到语篇的过程，俄语语篇语言学开始探索在更大的语篇单位中进行实义切分的问题。

苏联语篇语言学对句际联系手段的研究范围很广泛，包括词汇重复、构词重复、人称代词各种形式的联结以及语义关联等。20世纪60年代开始，研究语篇中的词汇重复以及人称代词的指代现象成为研究的焦点之一。波斯别洛夫认为，复杂句法整体的句际联结手段分为两种，一种是由代词、副词、情态词等构成的外部手段，另一种是谓语之间的时间关系的表达。菲古洛夫斯基认为，语篇中的句子由各种关系联结，这些关系与句子成分间的关系相似。他将语篇中的句子分为同类句和非同类句两种。

苏联句际连接手段研究的集大成者当属索尔加尼克和洛谢娃（Л. М. Лосева）。1973年，索尔加尼克出版《句法修辞》（«Синтаксическая стилистика»）。在这部著作里，作者从逻辑学的角度来分析语篇，并用实义切分的理论阐述了语篇的句际联系。索尔加尼克把语篇的句际联系分为两种，链式联系（цепная связь）和并列联系（параллельная связь）。所谓链式联系就是言语中的判断是靠前一判断中的宾语或主语在后一判断中的重复、扩展来实现其联系。如果重复出现的成分在一些判断中都起相同的作用，那么就形成并列联系。1980年，洛谢娃出版《怎样建构语篇》（«Как строится текст»）一书。她把所有的句际联系手段分为两类：（1）连接主句与复句所通用的联结手段，如连接词、插入语、动词谓语的时体形式、代词替代和同义词替代等；（2）仅用于连接句子的句际联系手段，如词汇重复、非扩展的单部句和双部句等。

1981年，加利别林出版了《语篇作为语言学的研究对象》（«Текст

как объект лингвистического исследования»）。在这部著作中，作者从哲学的角度对语篇语言学所涉及的一般问题进行了阐述。作者归纳出语篇的特征：语篇的信息性（информационность）、语篇的可切分性（членимость）、语篇的衔接（когезия）、语篇的连续统（континуум）、语篇的语义独立性（автосемантия）、语篇的前瞻与回顾（ретроспекция и проспекция）、语篇的情态性（модальность）、语篇的整合性和完整性（интеграция и завершенность）。这部著作在俄罗斯语篇语言学的发展史上具有重要的意义，西罗季尼娜（О. Б. Сиротинина）在《语言学问题》杂志上曾这样评价该书：它"完成了语篇语言学发展中的一个完整阶段——寻找语篇基本特征、语篇单位和范畴的阶段，并同时开创了一个新的阶段——深入研究各类话语的阶段"[1]。

综上所述，俄罗斯语篇语言学的研究主要分为三个方面。（1）复杂句法整体的研究。代表作有索尔加尼克的《现代俄语的复杂句法整体及其形态》、谢利曼的《句法修辞问题》等。他们认为，复杂句法整体是由表述链（высказывание）构成的。表述是指在某一交际情景中能起交际作用，报道现实中某个事件或情景的、语义上完整的并具有相对独立性的言语单位。（2）句子的实义切分、句子的词序。代表作有科夫图诺娃的《现代俄语——词序与句子的实义切分法》、克雷洛娃和哈夫洛尼娜的《俄语词序》等。（3）句际联系。如洛谢娃的《句际联系》探讨语篇单位中的衔接问题。

上述三个研究方向互相补充、共同发展。它们是俄罗斯语篇语言学不同发展时期的产物。目前，在俄罗斯语篇语言学已经成为一门独立的

---

[1] 转引自：王松林，《苏联话语语言学的发展》，载《中国俄语教学》1987年第4期，第25-28页。

学科，并且从修辞、语义、语用等多角度展开语篇研究。随着当代俄罗斯语篇语言学研究的不断深入，已衍生出几个独立的学科，其中包括语篇的一般理论、语篇语法、语篇修辞等。

1.1.3 汉语语篇语言学研究

自 20 世纪 80 年代以来，语篇语言学作为新学被引入国内，并被运用于汉语语法的研究。30 余年来，相关学术文章数以万计，专著 30 余部。语篇语言学的核心内容均在汉语研究中得到了应有的运用，其中包括主位与述位、已知信息与新信息、小句与句组、指称与回指、衔接与连贯、话题与话题链、微观结构与宏观结构等。论者所依据的语篇语言分析的理论资源主要是韩礼德的系统功能理论和苏联的实义切分句法。研究主要分为两类：（1）把语篇语言学的相关理论运用于汉语的研究；（2）运用语篇语言学的相关理论进行汉英两种语言的对比研究。后者对语篇翻译理论的建构具有积极的促进作用。

在苏联语篇语言学研究的影响下，中国学者开始把语篇语言学理论应用于汉语研究。王福祥是中国俄语学界研究实义切分句法的领军学者。1984 年，王福祥出版专著《俄语实际切分句法》，运用实义切分法分析俄语词序、句子的交际结构和交际功能，揭示言语构成的内部规律。此后，王福祥把语篇语言学理论应用于汉语研究。1989 年，其专著《汉语话语语言学初探》运用话语语言学的基本理论和方法分析汉语话语内部的构成规律。1994 年，《话语语言学概论》出版，王福祥尝试结合话语语言学、语篇分析和文章学，研究汉语连贯性话语的特点和结构规律。

在西方语篇语言学研究的影响下，20 世纪 80 年代末，汉语语篇语言学研究的文章开始在国内各种语言学杂志上出现。90 年代，论文集、专著开始不断出现。目前，国内汉语学界已有一批学者专门从事汉语语篇分析的研究。

廖秋忠是国内汉语学界开创语篇分析第一人。1978 年，廖秋忠从美国学成回国后，开始在中国社会科学院语言研究所工作。廖氏开创了国内汉语学界的语篇分析研究，一共发表了近 30 篇研究、介绍语篇语言学的文章，总计约 33 万字。1983 年，廖秋忠在《中国语文》发表论文《现代汉语语篇中空间和时间的参考点》，这是国内第一篇用语篇分析的理论和方法来研究现代汉语的论文。此后，陈平在《中国语文》上发表《释汉语中与名词性成分相关的四组概念》（1987）和《汉语零形回指的话语分析》（1987）等系列论文，在国内产生了很大影响。纵观国内运用语篇语言学的理论和方法来研究现代汉语的文章，可以分成两类：（1）从话语语篇的角度进行研究，如廖秋忠的系列论文；（2）从话语语篇和句法等方面进行对比研究，如陈平的系列论文。论文集《语用论集》（1994）由中国社会科学院语言研究所编写，是该所"汉语运用的语用原则"课题组的研究成果，收入 16 篇论文。涉及语篇分析的有《语篇、语用和句法研究》（廖秋忠 1991）、《否定载体'不'的语义——语法考察》（钱敏汝 1990）、《叙述文中"他"的话语分析》（徐起起 1990）、《多动词小句中的零形式》（徐起起 1993）等。廖秋忠和沈家煊等人翻译了《功能主义和汉语语法》（1994）。此书由戴浩一和薛凤生主编，共收入 13 篇论文，涉及话语语篇的有《"也"在三个话语平面上的体现：多义性或抽象性》（毕永峨）、《已然体的话语论据：汉语助词"了"》（李纳，S. A. Thompson & R. M. Thompson）、《论汉语普通话的所谓"主宾动"词序——语篇定量研究及其意义》（孙朝奋，T. Givon）。张伯江、方梅的《汉语功能语法研究》借鉴现代语言学的话语分析和功能句法学方法，对现代汉语中的相关问题进行功能分析，所涉及的研究内容就包括汉语主位结构的分析。该研究着眼于汉语口语信息传递策略的结构分析，论述了主位结构的基本概念和理论价值，分析了汉语口语主位结构的两种典型表现形式。汉语语法引入语篇语言学的语法分析，主要研究成果包括名词性成分的指称性质对汉语语法结构的决定作用研究、语篇回指现象及省略现象研究、语篇句法语义研究等。

21世纪以来，汉语语篇语言学取得了长足的发展，涌现出了一批代表性学者。徐赳赳就是其中之一。徐赳赳出版译著《语篇语言学》（2002）、专著《现代汉语语篇回指研究》（2003）。20多年来，他在《中国语文》《外语教学与研究》《当代语言学》《外国语》等期刊上发表了系列论文。2010年，徐赳赳的著作《现代汉语语篇语言学》由商务印书馆出版，该书系统地介绍了国内外语篇语言学的发展历史和研究成果，从语篇语言学的研究方法角度入手，完整地发展了汉语语篇语言学的体系。徐赳赳的语篇语言学主要有以下四个特色：（1）立足汉语研究；（2）秉承中国语言学研究传统；（3）密切关注新的语篇形式；（4）注重实证性研究。屈承熹的专著《汉语语篇语法》引起学界广泛的关注，受到读者普遍的好评。该书从语篇的角度研究汉语语法，希望从中找到解决句法问题的答案。作者认为，许多句法问题的合理解释存在于语篇之中，脱离语篇去解决这些问题是武断和不可靠的。句子的形式可能受到句子以外因素的影响，汉语尤其如此。一部现代汉语语法如要真正做到切实有用，就必须涉及语篇，语篇语法特别适于对汉语语法的研究。

汉语学界运用西方语篇语言学的理论来研究汉语，弥补传统语言研究的不足之处，在此基础上建构汉语语篇语言学。这对当代汉语语言学研究起到重要的补充作用。从目前来看，汉语语篇语言学正处于充满活力、向前发展的时期，研究领域不断拓展，研究队伍不断扩大，研究成果也迭出不穷。30多年来，廖秋忠、陈平和徐赳赳等汉语语篇研究者为现代汉语语篇研究付出了极大的心血，缩小了我国与国际语篇研究的差距。

1.2 语篇翻译研究概述

语篇语言学把文本看作交际过程，强调语境与语篇的互相依存。不言而喻，语篇语言学将语言学的视野扩大到语境和语言的交际功能。这对现代翻译学的研究具有重要的借鉴意义，因为翻译过程本身就是一种跨语言的交际活动，同时也是一种跨文化的交际活动。也就是说，翻译作为语际交流，它不仅只是语言之间的转换过程，也是文化的移植过程。关于语篇语言学与翻译研究的关系，威尔斯（W. Wilss）认为："以语篇语言学为借鉴的翻译研究必须构建一个参照模式，从而把语篇看作包括由主题、功能和语用三方面组成的以交际为目的的集合体。"[1] 由此可见，语篇翻译应注重语篇意识，聚焦语篇的主题和语境，实现语际间的交际。俄罗斯翻译理论家科米萨罗夫也有言："翻译的过程就是不同语言的语篇在交际层面上达到等值的动态过程。"[2]

传统的翻译研究囿于译文和原文字句上的对比与转换。语篇语言学研究比句子更大的语言单位，研究语篇中句子的排列、衔接和连贯，是一种超句法分析。同时，语篇语言学更多地关注语境、文化和交际功能。语篇语言学与翻译研究的结合使翻译从静态的词句视觉转换到动态的语篇视觉，传达源语的情景语境、文化语境和交际功能，更好地完成

---

[1] Wilss, W. The *Science of Translation*. London: Gunter, 1982, p. 116.

[2] Комиссаров В. Н. Современное переводоведение. Курслекций. М.: ЭТС, 1999, С. 53.

源语和译语的翻译转换。

语篇翻译倡导在翻译过程中要提高语篇意识。所谓语篇意识，就是在翻译研究及实践中始终强调语篇在交际过程中的完整性（wholeness）和一体性（unity），研究语篇诸层次作为语言符号系统与相应外部世界的关系，以语篇的交际功能、交际意向统辖对语篇诸层次的观察和研究。[1]关于语篇的完整性，俄罗斯学者也有相关论述。如前所述，语篇的整合性和完整性是俄罗斯语言学家加利别林提出的语篇分析理论之一。加利别林认为，语篇语言学把研究对象从句子单位扩展到语篇整体，从而进一步地去考察语篇的整合性（интеграция）和完整性（завершенность）。整合性和完整性是语篇的核心范畴之一，其作用是保证语篇的整体连贯，突出整个语篇围绕思想理念信息展开这一事实。关于语篇的整合性和完整性，加利别林的观点是，与其说语篇的整合性是一个结果，不如说它是一个过程。整合性在连接各个超句体的意义、各个章节的内容为一体时，削弱各部分的语义独立性，并把它们归于作品共同的思想理念信息之下；完整性则是从作者的角度而言，随着主题的展开，当作者认为已经达到自己想要的结果，语篇就实现了其完整性。也就是说，语篇的完整性是作者构思的功能体现[2]。加利别林的语篇分析理论对俄罗斯语篇翻译理论的建构具有重要的借鉴作用。

在翻译实践中，学者开始探讨把语篇当作翻译对象和翻译单位的问题，促进语篇翻译理论的进一步发展。英国翻译理论家纽马克（P. Newmark）曾这样评价语篇在翻译过程中的地位和功能："语篇是最后的仲裁，句子是翻译操作的基本单位。翻译时应该把语篇当作一个

---

1 李运兴，《语篇翻译引论》，北京：中国对外翻译出版公司，2001年，第19页。
2 李春蓉，《论诗歌的整合性和完整性》，载《外国语文》2012年第7期，第40-43页。

整体来看待，语篇虽然是由一个个段落、一个个句子组成的，但是它不是语句的机械叠加，而是一个有机的、动态的组合。"[1] 张美芳认为，传统语言学翻译研究方法与语篇语言学翻译研究方法的差异至少有三点：（1）前者的重点是句子，认为意义由词与句决定；而后者的重点是整个语篇，认为意义通过语言结构来体现；（2）前者把翻译对等的概念建立在词、句层面，而后者则把翻译对等建立在语篇和交际层面；（3）前者的研究对象只是语言，而后者的研究对象不仅是语言系统和言内因素，还包括言外因素（包括情景语境和文化语境）[2]。

1.2.1 英语语篇翻译研究

如前所述，语篇语言学与翻译研究相互作用。语篇分析给翻译研究带来解释力，翻译研究又给语篇分析带来新的启示。英语语篇语言学理论越来越广泛地被应用于翻译研究之中，其中最为突出的理论就是韩礼德的系统功能语言学理论。

卡特福德（C. J. Catford）是英国著名的语言学家和翻译理论家，也是西方翻译语言学的创始人之一。1965 年，卡特福德出版专著《翻译的语言学理论》（*A Linguistic Theory of Translation*）。该书是西方翻译理论语言学派的代表作之一，堪称翻译理论发展的里程碑。该书在西方翻译理论界产生了极其深远的影响，卡特福德本人也被誉为世界最有影响的翻译语言学家[3]。在撰写该书的过程中，作者曾与韩礼德进行深

---

1 Newmark P. *Approaches to Translation*. Shanghai：Shanghai Foreign Language Education Press，2001，p. 39.
2 张美芳、黄国文，《语篇语言学与翻译研究》，载《中国翻译》2002 年第 3 期，第 3-7 页。
3 Nida，E. A. *Language*，*Culture and Translation*. Shanghai：Shanghai Foreign Language Education Press. 1993，p. 161.

入的讨论。卡特福德试图用韩礼德的语法思想来建构一个基于语篇语言学的翻译理论模式。卡特福德这样界定翻译："翻译就是用一种语言的等值语篇材料来替代另一种语言的语篇材料。"[1] 他所倡导的"语境"（context）和"语境意义"（contextual meaning）来源于伦敦学派马林诺夫斯基和费思的理论。这两个概念对后来的语篇翻译研究产生了深远的影响。卡特福德认为，"语境意义"就是与"特定的语言形式有关的情景因素的范围"[2]。

英国翻译理论家纽马克将跨文化交际理论和功能语法运用到翻译研究中，提出了"交际翻译理论"。其代表作主要有《翻译探索》（*Approaches to Translation*，1981）、《翻译教程》（*A Textbook of Translation*，1988）、《论翻译》（*About Translation*，1991）等。纽马克提出，翻译理论必须研究语言的功能，因为翻译中的许多理论问题，如对等翻译、翻译单位、翻译过程等，都必须联系语言的功能来确定文本类型。纽马克把语言的功能分为六种：表达功能（the expressive function）、信息功能（the information function）、祈使功能（the vocative function）、人际功能（the phatic function）、审美功能（the aesthetic function）和原语言功能（the metalingual function）[3]。纽马克的"交际翻译"是指"译作对译文读者产生的效果应尽量等同于原作对

---

[1] Catford, C. J. *A Linguistic Theory of Translation*. London: Oxford University Press, 1965, p. 36.

[2] Catford, C. J. *A Linguistic Theory of Translation*. London: Oxford University Press, 1965, p. 36.

[3] Newmark, P. *A Textbook of Translation*. London: Prentice Hall International Ltd., 1988, p. 44.

原文读者产生的效果"[1]。纽马克的翻译理论重视社会文化背景在翻译理论与实践中的重要性，强调翻译的社会交际价值。纽马克评价译文的标准是译文是否忠实地再现原文的意图，是否最恰当地把握了内容与形式的辩证关系。

卡特福德的翻译理论注重原文与译文的关系，但却没有把翻译看作一个交际过程，即忽略了译文、译者与读者的关系。英国翻译理论界的哈提姆（B. Hatim）和梅森（I. Mason）认为，译者是文本与读者之间的协调者。他们在代表作《话语与译者》（*Discourse and Translator*，1990）中全面深入地探讨了影响译者话语选择的因素。两人的其他著作还有《作为交际者的译者》（*The Translator as Communicator*，1997）、《跨文化交际：对比语篇语言学与翻译理论》（*Intercultural Communication: Contrastive Text Linguistics and Translation Theory*，1996）、《实用翻译语篇语言学指南》（*Practical Text Linguistic Guide to Translation*，1996）等。

在论述连贯与翻译时，哈提姆和梅森指出，对译者而言，"应该纳入考虑的，不是原文使用了何种衔接手段，而是使用这种手段的目的何在"[2]。哈提姆和梅森还从语篇结构（textual structure）、指称性（reference）、主位推进模式（thematic progression）等方面论述了影响译者选择的因素。他们认为，主位推进模式与说话者的意图密切相关，对主位推进模式的了解有助于译文的连贯。哈提姆和梅森的语言学翻译理论以语篇分析为中心，认为翻译是一个动态的交际过程，译者是

1　Newmark, P. *Approaches to Translation*. London: Prentice Hall International Ltd., 1981, p. 39.

2　Baker, M. *Routledge Encyclopedia of Translation Studies*. London: Routledge, 2008, p. 265.

原文作者与译文读者的协调者，译者不仅具有两门语言的知识，还具有两种文化视野，他在两种文化中为他们协调意义[1]。

贝克（M. Baker）是当今英国语料库翻译研究专家。她认为，现代语言学中的语篇语言学是研究翻译的重要理论基础。在其著作《换言之：翻译教程》（*In Other Words: A Coursebook on Translation*，1992）中，她阐释了语篇语言学与翻译的关系。贝克认为，语篇分析克服了早期语言学研究重视形式和结构对比分析、忽视与语言意义紧密相关的语言环境和文化历史背景的倾向。语言的意义是文化、思想和认知相互作用的结果。

从以上一系列关于语篇与翻译的论著可见，语篇分析理论已广泛应用于翻译研究，特别是韩礼德的系统功能语言学。其中主位结构、信息结构和衔接等语篇功能的体现方式得到了翻译学界的广泛关注[2]。这一学术思潮也对国内英语学界产生了深远的影响。目前国内关于20世纪90年代以来的语篇翻译研究的文章就主要是从系统功能语言学角度进行研究的，特别是在21世纪的头十年内，从系统功能语言学角度出发进行翻译研究一时成为热潮，数年间发表和出版了大量论文和论著。越来越多的学术论文和著作从系统功能语法的角度研究翻译问题，建立自己独特的研究方向，这一研究领域的学者以黄国文、张美芳、李运兴、萧立明、司显柱等为代表。代表性论著有李运兴的《语篇翻译引论》（2001）、萧立明的《新译学论稿》（2001），黄国文的《翻译研究的语言学探索——古诗词英译本的语言学分析》（2006）等。

---

1 Hatim, B. & Mason, I. *Discourse and Translator*. London: Longmon, 1990, pp. 223-224.

2 参见：Hatim & Mason 1990/2001, Bell 1991/2001, Baker 1992/2000, Hatim & Mason 1997, Hatim 1997/2001, Munday 2001.

根据系统功能语言学的社会文化观，语言承担着各种各样的功能。在系统功能语言学的框架下，语言的功能可分为三类：概念功能、人际功能和语篇功能。这三种功能分别对应不同的语义系统：概念功能中的经验功能主要对应及物性系统和语态系统，逻辑功能主要对应相互依赖性系统和逻辑语义系统；人际功能主要对应语气系统和情态系统；语篇功能主要对应主位系统、信息系统和衔接系统。黄国文从纯理功能的角度展开翻译研究，先后发表相关论文，如《功能语言学分析对翻译研究的启示——〈清明〉英译文的经验功能分析》（2002）、《杜牧〈清明〉英译文的逻辑功能分析》（2002）、《〈清明〉英译文的人际功能探讨》（2002）、《从语篇功能的角度看〈清明〉的几种英译文》（2003）等。2006年，黄国文在《翻译研究的语言学探索——古诗词英译本的语言学分析》一书中，运用系统功能语言学的理论与方法实现了两个研究目的：（1）通过功能语言学分析揭示了一些翻译者没有注意到的问题，给翻译研究带来启示；（2）通过对汉语古诗的英译文本分析，检验功能语言学在翻译研究和语篇分析中的可操作性和可应用性。该书提出了一个从语言学视角研究汉语古诗词英译的基本框架。这个框架既可作评价汉诗英译和语篇对比研究的参照标准，对这类研究也有方法论的价值[1]。作者认为，从语言学的角度研究汉诗英译，可以窥见一些用诗学方法研究忽略的问题，例如如何处理译文中的数、人称和时态的问题等。这些研究涉及经验功能、人际功能、语篇功能等系统功能语言学的纯理功能理论。

韩礼德系统功能语言学的语境理论认为，翻译过程在本质上是一种

---

1 黄国文，《翻译研究的语言学探索——古诗词英译本的语言学分析》，上海：上海外语教育出版社，2006年，第7页。

语言交际活动，翻译上的对等不是单纯语言形式上的对等，而是语境意义上的对等，也就是语言在语境中的功能对等。这一语境理论直接影响了卡特福德和梅森的语言学翻译理论的建构，同时也吸引了大批国内学者从事相关的研究。张美芳的《从语境分析中看动态对等论的局限性》（1999）、尚媛媛的《语境层次理论与翻译研究》（2002）等论文讨论了语境因素对翻译实践及研究的指导作用。这些研究认为，系统功能语言学的语境理论有助于指导具体的翻译理论研究和翻译实践，具有很强的可操作性。

　　在以上研究的基础上，国内学者开始建构系统功能语言学视角下语篇翻译理论的基本框架，即语篇翻译研究的基本思路、方法和步骤。2002年，张美芳、黄国文在《语篇语言学与翻译研究》一文中概述了语篇语言学的概念，比较它与传统语言学的异同，讨论了该研究模式的研究范围、研究重点以及研究方法。作者认为，从功能语言学的角度看，译者做出选择之前，必须弄清楚翻译的目的，同时要明白哪些语言形式可以使自己所希望达到的语言功能得以实现。语篇语言学的分析方法不但可以帮助译者正确地理解原文，还能为选择合适的语言形式去生产合理的译文提供理论上的依据。黄国文于2004年在《中国翻译》发表《翻译研究的功能语言学途径》一文。该文在评介了功能语言学理论对翻译研究的影响后，勾画了翻译研究的功能语言学路径，提出了语篇翻译研究的步骤，即观察、解读、描述、分析、解释和评估。同年，司显柱在《试论翻译研究的系统功能语言学模式》一文中阐述了系统功能语言学模式下翻译研究的内容、研究目标以及研究方法，认为应将系统功能语言学理论研究成果作为模型去类推翻译问题。2015年，张美芳等总结了语篇分析途径的翻译研究。作者在《语篇分析途径的翻译研究：回顾与展望》一文中，采用文献计量学的方法，调查与语篇翻译研究相关的论文在国内外翻译及外语类核心期刊的发表情况。作者依据期刊的影响因子及权威性，选取了 8 本英文期刊及 10 本中文期刊作为调查对象，以相关论文作为数据来源建立了数据库，并将其导入分析软件 Nvivo10 中进行分析。该文通过对论文的发表时期、数量、主题及作者的分布等问题的调查，分析了语篇翻译研究的历时变化及国内外具有代表性的研究热点，还探讨了不同地区在语篇翻译研究方面的发展互动及未来发展的动向。

目前，在国内翻译理论界已初步形成了一个翻译研究的功能语言学方向，这对推动我国翻译理论和实践研究的发展发挥了积极的作用。功能语言学的语篇翻译研究构建了新的翻译理论研究模式，诠释了翻译研究的一些核心概念。虽然目前的研究还处于初始阶段，还存在一些问题和不足，但近十年来的研究成果表明，该研究领域有着明确的发展趋势和光明前景。

1.2.2 俄语语篇翻译研究

20 世纪 50 年代之前，从文艺学角度探讨翻译理论是俄苏翻译理论研究的主流方向。20 世纪 50 年代，苏联的翻译理论研究开始了向语言学角度研究的转向。1950 年，列茨克尔（Я. И. Рецкер）发表了论文《论翻译的有规律对应》（«О закономерных соответствиях при переводе на родной язык»），首次将翻译理论同对比语言学联系起来。他认为："翻译理论若脱离语言学的基础是难以想象的。这种基础就是针对语言现象进行对比研究，即在原文语言与译文语言间确立固定的对应（соответствие）。而这些在词汇、成语、句法和风格等方面的对应应该构成翻译理论的语言学基础。"[1] 列茨克尔将对应规律分为等值

---

1 Швейцер А. Д. Советская теория за 70 лет. Вопросы языкознания, 1987 (5).

（эквивалент）、类似（аналог）和对等替代（адекватная замена）三种类型。列茨克尔首先用论据对翻译的语言学理论观点加以证明，勾勒出了进一步研究翻译过程中词汇、句法和修辞对应规律的轮廓，并且提出了描述翻译操作的概念术语[1]。

1953年，费多罗夫（А. В. Фёдоров）的《翻译理论概要》（«Введение в теорию перевода»）从语言学角度对翻译理论进行了较为系统的论述。该书的出版标志着俄罗斯"语言翻译学"（лингвистическое переводоведение）的正式形成。费多罗夫在书中探讨了文学翻译和其他种类的翻译，提出翻译理论是语言学的一个分支，这与现代语言学对翻译研究的界定不谋而合。

1975年，俄罗斯语言翻译学的代表作之一——巴尔胡达罗夫（Л. С. Бархударов）的《语言与翻译》（«Язык и перевод»）问世。巴尔胡达罗夫借助当时语言学的最新成就，从语篇语言学的角度进行翻译研究，提出翻译的语言学理论基础就是对比语篇语言学理论，因为翻译实质上即是对不同语言语义相同的话语（语篇）进行对比，译者不是与语言体系打交道，而是与言语产物打交道。他认为："作为翻译理论的语言学基础的，首先应当是语篇语言学，同时考虑语言系统的功能及其与超语言现象的相互作用。"（Именно по этой причине лингвистический базой теории перевода, как было отмечено, должны служить, во‐первых, лингвистика текста, во‐вторых, макролингвистическое описание языка с учетом функционирования его системы во взаимодействии с экстралингвистическими

---

[1] 谢云才，《俄苏翻译理论发展百年历程回眸》，载《辽宁大学学报（哲学社会科学版）》2002年第2期，第68-70页。

явлениями, определяющими предмет, построение и условия существования объекта перевода - речевого произведения.）[1]他还指出：" 翻译是在保持内容不变的情况下，将一种语言的言语产物转换为另一种语言的言语产物。"（Переводом называется процесс преобразования речевого произведения на одном языке в речевое произведение на другом языке при сохранении неизменного плана содержания, то есть значения.）[2]。巴尔胡达罗夫界定了翻译单位，分为六个层次：音位、词素、词、词组、句子和语篇。从巴尔胡达罗夫开始，俄罗斯语篇翻译学走向成熟。

1976年，切尔尼亚霍夫斯卡娅（Л. А. Черняховская）在《翻译与思维结构》（«Перевод и смысловая структур»）一书中，借鉴布拉格语言学派信息结构理论，系统地探讨了言语交际结构（主位结构）及其在翻译中的转换问题，描述了报刊政论语体俄译英的过程，并归纳出10种语句的翻译模式，具有很强的可操作性[3]。

科米萨罗夫（В. Н. Комиссаров）是俄罗斯语言翻译学理论的集大成者。1973年，科米萨罗夫出版了《论翻译》（«Слово о переводе»）一书，首次提出了"等值层次"（уровни эквивалетности）理论。他认为，原文与译文的等值应分为不同层次：语言符号层次、话语层次、表述层次、情景层次和交际目的层次。科氏的等值层次说极大地拓展

---

1 Бархударов Л. С. Язык и перевод. М. : Международные отношения, 1975, С. 179.

2 Бархударов Л. С. Язык и перевод. М. : Международные отношения, 1975, С. 11.

3 Черняховская Л. А. Перевод и смысловая структура. М. : Международные отношения, 1976.

了翻译学的研究对象，丰富了翻译研究的方法，因为他第一次把原文的语言划分为纯语言因素和超语言因素两个方面。1980年，科米萨罗夫出版《翻译语言学》（«Лингвистика перевода»）一书。该书科学地论证了划分翻译语言学的合理性，详尽地描述了这一新学科的研究对象、方法和课题，系统地探讨了翻译语义学、翻译语用学和翻译修辞学等问题，并且提出了翻译研究的原则。在把等值作为翻译标准的前提下，作者将翻译等值划分为五种，即交际目的等值、情景等值、情景描述手段等值、句法结构等值、最大限度等值。他认为："翻译的要求只是原文和译文交际的等值，在具体交际行为环境中它们可以互相替代。所谓交际等值，指的是不同文本在言语交际行为中的等值。"[1]在1990年出版的《翻译理论（语言学角度）》（«Теория перевода （лингвистические аспекты）»）、1999年出版的《现代翻译学》（«Современное переводоведени»）和2002年出版的《俄罗斯语言翻译学》（«Лингвистическое переводоведение в России»）等著作中，科氏强调语篇翻译学的重要性，他认为，"翻译是语言中介的一种，这种中介形式就是用另一种语言来建构用作原文的全权替代物并与原文在交际上具有同样价值的语篇"[2]。（Перевод‐это вид языкового посредничества, при котором на другом языке создается текст, предназначенный для полноправной замены оригинала в качестве коммуникативно равноценного последнему.）

什维采尔（А. Д. Швейцер）进一步发展了科氏的交际等值理

---

[1] Комиссаров В. Н. Современное переводоведение. Учебное пособие. М.：ЭТС，2004，С. 53.

[2] Комиссаров В. Н. Современное переводоведение. Учебное пособие. М.：ЭТС，2004，С. 53.

论，他在1988年出版的《翻译理论》（«Теория перевода: Статус, проблемы, аспекты»）中，从符号学角度将等值分为三个层面：句法等值、语义等值和语用等值。按照什氏的理论，句法等值是形式的替代，在该层面上的翻译是用一种符号（语言单位）替代另一种符号并保持句法关系不变；语义层面的等值包含两个次层面，即成分次层面和所指次层面；语用层面的等值是最高层面的等值，这一层面包含一些重要的交际因素，如交际意图、交际效果、交际双方等。在这三个等值层面中，每一个较低层面的等值以较高层面的等值为前提，如句法等值的前提是语义等值和语用等值，成分等值以所指等值和语用等值为前提，而所指等值的前提是要达到语用等值。反过来则不然，成分等值不必一定要句法等值，语用等值未必要做到语义等值。可以说，什氏的等值论比科氏更系统全面，也更符合翻译实际[1]。

在俄苏语言翻译学理论的建构历程中，以上著述有着多种多样的研究维度，包含丰富多彩的思想与理念：费多罗夫用的是传统语言学，巴尔胡达罗夫根据的是普通语言学，科米萨罗夫依照的是言语交际行为理论，什维采尔使用的是符号学。综合看来，俄罗斯语言翻译学由以下几个部分组成。（1）翻译与翻译学问题。主要研究翻译的本质、翻译活动的分类，论证可译性的问题，界定翻译学的学科性质、研究的对象与任务以及研究的方法等。（2）语言翻译学的理论基础。论证为什么翻译是语言学研究的客体，梳理翻译语言学理论的产生、语言特点与翻译的关系以及翻译研究的语言学方法。语言翻译学的理论基础主要包括符号学、对比语言学、社会语言学、心理语言学、语篇语言学等。（3）语

---

[1] Швейцер А. Д. Теория перевода: Статус, проблемы, аспекты. М.: Наука, 1988.

言翻译学的研究维度。语言翻译学研究涉及普通语言学、语义学、语用学、修辞学、文本学、语篇语言学、社会语言学等。（4）翻译过程研究。语言翻译学认为，翻译作为一种活动，具有特定的社会功能，肩负着一定的社会任务。翻译行为会受到原文和民族语言障碍这两个因素制约。翻译过程有广义与狭义之分。广义的翻译过程可进行模式化描写，如情境模式、转换模式、语义模式、心理语言学模式、交际模式、信息模式等。狭义的翻译过程是指翻译转换的具体手法，如词汇转换、句法转换、词汇—句法综合转换等。（5）单位问题的界定。翻译单位指的是原文中能在译文中找到对应物的单位。语言翻译学把翻译单位分为音位（字位）、词素、词、词组、句子和文本等六个层面。（6）翻译等值问题。翻译等值问题是俄罗斯语言翻译学的核心问题之一，也是俄罗斯语言翻译学中最具特色的部分。俄罗斯的翻译等值思想一直处在演变之中，几乎所有著名的翻译学家都会对此问题发表自己的看法。（7）翻译标准问题。包括翻译的等值标准、翻译的体裁修辞标准、翻译言语标准、翻译的语用标准和翻译的常规标准等。（8）翻译的技艺，即翻译方法与技巧。主要包括语体和语言单位的转换问题[1]。

近年来，把俄语语篇语言学的相关理论运用于翻译研究是国内俄语学界的学术亮点之一。学者们各抒己见，建立自己独特的研究方向，这一研究领域的学者以杨仕章、胡谷明、陈洁、李春蓉等为代表。2004年，杨仕章出版专著《语言翻译学》，阐释了俄罗斯语言翻译学的形成背景、特点、基本内容。作者以俄罗斯翻译语言学理论为出发点，论述了翻译与翻译学、翻译过程、翻译单位、翻译标准，以及翻译的技艺等

---

[1] 参见：杨仕章，《俄罗斯语言翻译学研究的八大领域》，载《外语研究》2006年第3期，第56-60页。

问题。值得一提的是，作者论述了语篇作为翻译单位的观点。同年，胡谷明的《语篇修辞与小说翻译》以语篇修辞理论为基础，论述了小说翻译问题。如前所述，对超句子统一体（сверхфразовое единство）的研究是俄罗斯语篇语言学研究的重点之一。2007 年，陈洁的专著《俄汉超句统一体对比与翻译》出版，作者通过分析俄汉超句体在本质特征、句际关系与表达手段等方面的异同，剖析这些异同的规律、根源，为俄汉翻译实践提供了语篇翻译学的理论依据。2010 年，在《俄语语篇中话题指称的回指与翻译》一文中，赵红探讨了俄语语篇话题指称的回指中两种最为常见的形式：人称代词回指和名词回指的汉译。由于语言系统和言语民族习惯存在差异，俄汉回指在生成方式、使用频率和形式表现等方面有显著的不对等现象。翻译应当具有语篇意识，深刻分析对比俄汉回指特征，选择先行词还原、回指词特指等方法来处理回指的不对等现象，把握好原文的逻辑联系，再现原文思路连贯、语气畅通、环环相扣的特点。2015 年，李春蓉的专著《语篇回指对比与翻译研究》对俄、英、汉三种语言的回指现象进行了较为系统的跨语系、多语种的对比研究。作者认为，俄英汉语使用回指的差异对于汉俄、汉英的翻译具有重要的提示作用。在对比回指的基础上，作者提出了相应的翻译策略，指导翻译实践。对俄语语篇翻译研究进行了较为深入分析的学者还有杨仕章（2010）、孙元（2007）等[1]。

---

1 参见：杨仕章，《俄语篇章汉译研究：回顾与前瞻》，载《中国俄语教学》2010 年第 2 期，第 56-60+44 页；孙元，《统计与分析：文学翻译中链式同义联系的转换》，载《中国俄语教学》2007 年第 4 期，第 43-47 页。

1.3 小结

雅各布森（P. Якобсон/R. Jakobson）的《论翻译的语言学问题》（"On Linguistic Aspects of Translation", 1959）一文奠定了翻译的语言学理论的基础。文章自发表以来一直被奉为西方翻译理论的经典之作。雅各布森第一个指出，翻译对语言学其他领域有着重要的意义。他认为，实际上，在保留意义不变量的前提下，话语的任何一种转换都是翻译。翻译研究者只有研究语言、掌握语言的基本结构、明白语言如何在实际中运作、了解语言的本质及其功能，才可以系统地、有效地对翻译进行描述或解释，并为翻译理论研究和实践提供科学的依据[1]。

语篇语言学作为当代语言学的重要分支之一，把翻译的单位界定为语篇，认为意义必须通过语言结构来体现，把翻译对等建立在语篇和交际层面上，认为翻译的研究对象不仅是语言系统和言内因素，而且还包括言外因素（包括"情景语境"和"文化语境"）等。语篇语言学方法给翻译的理论与实践带来的启示是有益的，这些启示将会推动翻译理论与实践的发展。

---

1 Jakobson, R. On Linguistic Aspects of Translation. In Lawrence Venuti (eds.) *Translation Studies Reader* [C]. London & New york: Rountledge, 2000.

2

主位结构
与
唐诗翻译

2.0 引言

主位结构（Thematic Structure）这一概念最早由布拉格学派的创始人马泰休斯于1929年提出[1]。马泰休斯提出实义切分法（Actual Division of the Sentence），主张从句子的交际功能角度来分析句子的结构，分析句子的结构如何表达句子所要传递的信息，如何揭示语篇在一定的语境中的直接、具体的意义。根据实义切分法，一个句子可以从交际功能的角度划分为三个组成部分：主位（Theme）、连位（Transition）和述位（Rheme）。主位是交际双方已知的信息；述位则往往是发话人要传递的新信息，为受话人所未知的信息；连位则是把传递主要信息的述位同传递次要信息的主位连接起来的过渡成分[2]。

马泰休斯的实义切分理论在语言学的发展史上意义重大，解决了长期困扰语言学家的句子词序问题，促进了现代语言学，包括句法学、语篇语言学等学科的发展。继马泰休斯之后，将近一个世纪以来，各国学者就实义切分理论提出了许多见解，共同的观点之一是倾向于把三部分合并为两部分，即主位和述位。这其中就包括苏联学者日京（Жинкин，

---

1 Mathesius, V. Lunctional Linguistics. In J. Vachek & L. Duskova (sele., trans. and eds.) *Praguiana: Some Basic and Less Known Aspects of the Prague Linguistic School*. Amsterdam: Benjamins, 1929/1983.

2 徐盛桓，《再论主位和述位》，载《外语教学与研究》1985年第4期，第19-25页。

Н. И.）、多布拉耶夫（Доблаев，Л. П.）、英国学者韩礼德等[1]。

根据格雷戈里（M. Gregory）和卡洛尔（S. Carroll）对语言形式的划分，主位结构属于典型的形式层面。格雷戈里和卡洛尔把语言形式划分为三个层面：物质层面（含语音和字形）、形式层面（即负载有意义的内部构形）和情景层面（即与语言运用相关的语言环境和非语言环境）[2]。主位结构就是负载有意义的内部构形的典型代表。

翻译的本质在于语言的转换[3]。中国古人也曾言："译即易，谓换易言语使相解也。"[4]卫真道也有言，语言是意义的系统，意义通过形式表现出来[5]。语言是形式和内容的有机统一。一方面，语言是意义的系统；另一方面，意义则通过语言形式再现。语言形式同意义紧密相连，不可分割。因此，翻译在关注意义的同时，也要关注形式。经过翻译转换，语言形式往往会发生变化，甚至扭曲。在翻译中要减少这种扭曲，就应当认真分析源语语篇的语言形式，最大限度地发掘译语的对应语言形式，在最大限度地传达出源语语篇内容的同时，将负载语篇意义的源语语篇的语言形式在译语中再现出来。这其中就包括源语语篇主位

1　参见：Доблаев, Л. П. Логика‐психологический анализ текста. Саратов: Изд. Саратовского университета, 1969. Жинкин, Н. И. Развитие письменной речи учащихся, 1956. Lyons, J.（ed.）. New Horizons in Linguistics. Baltimore: Pelican, 1970.

2　Gregory, M. and Carroll, S. *Language and Situation: Language Varieties and Their Social Contexts*. London: Routledge & Kegan Paul Ltd. 1978, p. 4.

3　曹明伦，《语言转换与文化转换——读宋正华译〈苏格兰〉》，载《中国翻译》2007年第2期，第85-88页。

4　转引自：李明，《得意岂能忘形——从〈傲慢与偏见〉的两种译文看文学翻译中主位—信息结构之再现》，载《广东外语外贸大学学报》2009年第4期，第88页。

5　卫真道，《篇章语言学》，徐赳赳译，北京：中国社会科学出版社，2002年，第1页。

结构在译语中的转换。

  本章对主位结构这种语言形式在承载语篇意义方面的作用展开研究。研究以唐诗英译和俄译本为研究语料，尝试从主位结构视角对比分析李白诗歌的英译本和俄译本，以此探讨汉英俄主位结构方面的差异，以及由此导致的翻译转换策略。

2.1 英语主位结构研究与语篇翻译

语篇分析有助于评价一个语篇,通过语篇的语言学分析可以解释语篇达到的目的和成功之处。分析对比源语语篇和它的相应译文,即目的语篇,发现它们的共同特征和不同之处,这是语篇分析的常用方法,也是一种行之有效的语篇翻译的研究方法。

韩礼德明确指出,他建构系统功能语法的目的之一是为语篇分析提供一个分析框架。韩礼德沿用马泰休斯的主位—述位概念,对主位—述位进行了界定,并将主位与主题作了区分。韩礼德认为,一个小句可切分为主位和述位两部分;主位是信息的起点,是小句的起始成分。一个小句的主位确定之后,剩下的部分便是述位了。主位结构中的主位是话语的出发点,述位是围绕主位所说的话。主位分为有标记主位(marked theme)和无标记主位(unmarked theme);由主语充当的主位是无标记主位,由其他成分充当的是有标记主位。主位还可分为单项主位(simple theme)、复项主位(multiple theme)和句项主位(clause as theme),只由经验成分(参与者、过程、环境成分等)充当的主位属于单项主位,由经验成分与人际成分和语篇成分构成的主位属于复项主位。韩礼德在论述主位的内在结构时明确指出,每个主位必定包含一个经验成分。也就是说每一个主位都必定包含参与者、过程、环境成分等概念中的其中任何一个作为话题主位（topic theme）[1]。朱永生和严世清认为，主位这一概念既具有功能性，又具有结构性。之所以说主位具有功能性，是因为小句的信息从这里开始；之所以说主位具有结构性，是因为它总是出现在句首位置[2]。

运用主述位结构理论进行汉英两种语言的对比研究成果颇丰。罗选民的《话语分析的英汉语比较研究》（2001）是国内从话语分析的角度进行汉英语比较研究的开山之作。作者探讨主位—述位推进模式在汉英语的应用，并提出值得进一步思考的问题。周志培在《汉英对比与翻译中的转换》（2003）的第五章论述了英语的主位与述位、汉语的话题与评说。徐盛桓最先倡导主位—述位理论观照下的翻译研究，他认为，主位—述位理论不但可以帮助理解原文，还有助于把译文组织好[3]。近年来，国内英语学界许多学者把主述位理论应用于翻译研究，如肖群《主述位结构与翻译等值性》（1993）、杨信彰《从主位看英汉翻译中的意义等值问题》（1996）、王斌《主位推进的翻译解构与结构功能》（2000）、李运兴《主位概念在翻译研究中的应用》（2002）、邓森《基于主述位理论之语篇翻译研究》（2003）、刘富丽《英汉翻译中的主位推进模式》（2006）、杨林《汉英语篇翻译中主位、信息结构的解构与重构》（2008）、李明《得意岂能忘形——从〈傲慢与偏见〉的两种译文看文学翻译中主位—信息结构之再现》（2009）等。以上研究并未涉及汉语古诗词的英译研究。黄国文的论文《从语篇功能的角度看〈清

---

1 胡壮麟、朱永生、张德录，《系统功能语法概论》，长沙：湖南教育出版社，1997年，第136-139页。

2 朱永生、严世清，《系统功能语言学多维思考》，上海：上海外语教育出版社，2001年，第97页。

3 徐盛桓，《主位和述位》，载《外语教学与研究》1982年第1期，第1-9页。

明〉的几种英译文》(2003)首开国内运用系统功能语言学的理论和方法探讨汉语古诗词英译问题的先河，开拓了语篇翻译领域的新视野[1]。此类研究在国内还不多见，特别是对多语种唐诗译本的对比研究尚未出现。

2.1.1 源语与英译的主位结构对比分析

《送友人》一诗，据推测是李白在河南南阳送别崔宗之时所作。李白在南阳结识了崔宗之。据说崔"学通古训，词高典册，才气声华，迈时独步"[2]。因此，二人大有相见恨晚之意。崔宗之返家之时，李白作《送友人》以记之。该诗主要通过场景的描写来衬托送别者的依依不舍之情。该诗开头即点明送别地点，诗人已经送行至城外，但仍不忍离去。首联即进行对仗，"青山"对"白水"，"北郭"对"东城"，而且有声有色，流水潺潺，似可耳闻，青白辉映，俱在眼前，"横"字刻画青山的"静"，"绕"字描绘白水的"动"，动中有静，静中有动。诗人和友人于马上告别，频频挥手致意。诗歌表达了诗人对好友的一片深情。颈联对仗工整，合乎法度，有景有情。

主位结构关注怎样通过语言成分的组织来体现语篇，怎样通过语言结构的组合来表达意义。关于汉语主述位的划分，徐盛桓认为："主语常作主位；整个谓语（包括动词及有关的状语、宾语、定语）常作述位。除此以外，宾语、带有名词的表示时间或地点的短语（如介词短语）、某些外位成分（其本位可能是宾语或定语）也可能作主位。谓语动词，作谓语部份的动宾结构，没有名词的词组所构成的原因、目的、

---

1 参见本书第一章。
2 李清渊，《李白与崔宗之酬赠诗考》，载《李白学刊》1989年第1期，第153-161页。

状态等状语、补语等，一般不作主位。"[1]

我们提出汉诗主述位的具体划分方法如下。

第一，根据诗句表达的意义，把诗句中叙述的对象和叙述的内容分别标识为主位（T）和述位（R），并用下标小字标注。

第二，各句一般都包括主位和述位两个部分，其中主位在一定条件下可以承上下文省略，出现主位空缺。主位空缺时用"Ø"表示，并按它在上下文中出现的顺序标示。语义上存在、但形式上没有在诗篇任何地方出现的主位成分，在"Ø"后用"[主位X（TX）]"标出，排序在所有主位成分之后。

第三，一般情况下，一句诗中包含有主位（T）和述位（R）两个部分，但在某些特殊的情况下，可能两句诗共同构成一对主位和述位关系；或者，在一句诗中，前半部分构成一对主位和述位关系，后半部分又构成一对主位和述位关系，包含两对主位和述位关系。

第四，出现在诗篇各句的主位和述位成分，按出现的顺序，依次标记为"主位1（T1）""主位2（T2）""主位3（T3）"等，或"述位1（R1）""述位2（R2）""述位3（R3）"等。

第五，形式不同但表示同一意义的成分视为同一成分，当它们占据同一位置的时候，采用相同的标示，比如都标为"主位1（T1）"或"主位2（T2）"等。当它们占据不同的位置时，按同类位置的顺序标示，并附上其在原位中的顺序标示，比如一个原居"主位3（T3）"的成分，占据了"述位5（R5）"的位置，则标为"述位5/主位3（R5/T3）"；反之，如一个原居"述位5（R5）"的成分，如出现在"主位

---

[1] 徐盛桓，《汉语主位化初探》，载《华南师范大学学报（社会科学版）》1983年第4期，第102-109页。

3"的位置上,则标为"主位 3/ 述位 5（T3/R5）"。

第六,兼指现象。诗句中的某个成分,有时相当于其他位置上的多个成分,比如《送友人》诗中"挥手自兹去"中的"兹",兼指前文中表示地点的主位 1、主位 2 的"青山""白水"和表示时间的主位 5"落日"。

第七,述位成分的内容有时比较复杂,它不仅可以单独表示叙述对象的行为性状,也可能在表示行为性状的同时,用局部成分对主位进行表达,比如《送友人》中,"述位 6"的"故人情"中,"故人"指的就是诗歌的叙述者。

据此,我们尝试对比分析唐诗《送友人》及其三个英译本在主位结构方面的差异,以及由此差异导致的语篇信息转换的不同之处。如表 2-1 所示,我们对《送友人》一诗的原文和译文的主位和述位作了如下划分:

表 2-1 《送友人》一诗的原文和英译的主位和述位

原文		译文 1（小畑译）		译文 2（宾纳译）		译文 3（庞德译）	
主位	述位	主位	述位	主位	述位	主位	述位
（1）青山	横北郭	Blue mountains	lie beyond the north wall	With a blue line of mountains	north of the wall	Blue mountains	to the north of wall
（2）白水	绕东城	Round the city's eastern side	flows the white water	And east of the city	a white curve of water	White river	winding about them
（3）此地	一为别	Here	we part, friend, once forever	Here	you must leave me and drift away	Here	we must make separation

续表 2-1

原文		译文 1（小畑译）		译文 2（宾纳译）		译文 3（庞德译）	
主位	述位	主位	述位	主位	述位	主位	述位
（4）孤蓬	万里征	You	go ten thousand miles, drifting away like an unrooted water-grass		like a loosened water-plant hundreds of miles…	And	go out through a thousand miles of dead grass
（5）浮云	游子意	Oh	floating clouds and the thoughts of a wonderer	I	shall think of you in a floating cloud	Mind	like a floating wide cloud
（6）落日	故人情			So in the sunset	think of me	Sunset	Like the parting of old acquaint-ances
（7）挥手自兹去		We	ride away from each other, waving our hands	We	wave our hands to say good-bye	Who	bow over their clasped hands at a distance
（8）萧萧	班马鸣		While our horses weigh softly, softly…	And my horse	is neighing again and again	Our horses	neigh to each other as we are departing

如表 2-1 所示，原诗的主位结构划分如下：

（1）青山 $_{T1}$ 横北郭 $_{R1}$，

（2）白水 $_{T2}$ 绕东城 $_{R2}$。

（3）此地 $_{T1+T2\,(ØT3+[T7])}$ 一为别 $_{R3}$，

（4）孤蓬 $_{T3}$ 万里征 $_{R4}$。

（5）浮云 $_{T4/R4}$ 游子意 $_{R5/T3}$，

（6）落日 $_{T5}$ 故人情 $_{R6}$。

（7）Ø$_{T3+[T7]/R6}$ 挥手自兹去 $_{R7/T1+T2+T5}$，

（8）萧萧 $_{T6}$ 班马鸣 $_{R4}$。

在分析此诗的主述位结构之前，需要先对诗句中的篇章语义关系作梳理。诗中"青山""白水"两句描写当地的景色，是同一环境中的两个方面。"此地"承指"青山""白水"，表示行为发生的处所，充当"一为别"的主位。但实际上，"一为别"描述的是人物的行为，而实施行为的人物，即下文的"游子""故人"隐含在句中，没有出现。"孤蓬"指舟船，是远行人的交通工具，作"万里征"的主位，在诗中，它代指远行的"游子"。"浮云"漂泊不定，趋向远方，在本句中做主位，与上句的述位"万里征"实为一义；本句述位中的"游子"则与上句中的主位"孤蓬"同指。"落日"句中述位的"故人"是送别游子的一方，临别依依不舍拖延至落日时分，足见送别人的情意。"挥手"句主位空缺，发出挥手动作的，是上文中提及的"游子"和"故人"，"自兹去"中的"兹"，既指处所"此地"，又指时间"落日"，同时照应两个方面。"萧萧"写马的嘶叫声，同时也描写傍晚时分逐渐沉静、冷清的气氛，"班马"为出行的畜力，与上文的"万里征""浮云"义同。

同时，根据韩礼德的观点，原诗第（1）句的主位是无标记主位，

由名词词组体现，在句中做主语。第（2）句的主位也是无标记主位，由名词词组体现，在句中做主语。第（3）句的主位是有标记主位，由带有名词的表示地点的短语体现。第（4）句原文的主位"孤蓬"是无标记主位，比喻友人别后将如孤蓬万里，不知要飘泊到何处。第（5）句原诗的主位"浮云"是无标记主位。曹丕《杂诗》：西北有浮云，亭亭如车盖。惜哉时不遇，适与飘风会。吹我东南行，行行至吴会。后世用为典实，以浮云飘飞无定喻游子四方漂游。浮云，指飘动的云，象征游子——离家远游的人。第（6）句原诗的主位"落日"是无标记主位。落日，指夕阳下山，夕阳余晖可比难舍友情。在中国的古诗词中有许多使用夕阳象征离别之情的佳句，如"夕阳西下，断肠人在天涯""花前洒泪临寒食，醉里回头问夕阳""愁客叶舟里，夕阳花水时""高城满夕阳，何事欲沾裳""霁色陡添千尺翠，夕阳闲放一堆愁"等，可谓不胜枚举。原诗第（7）句的主位省略。原诗第（8）句主位被"萧萧"是象声词，形容马的嘶鸣声。

译文1是小畑译。第（1）小句的主位是"Blue mountains"，这是动作者（主语）充当主位，是无标记主位，与原诗一致。其余部分是述位。第（2）小句是由介词短语"Round the city's eastern side"充当有标记主位，这是表示"地点"意义的环境成分。译者使用改变主位的手法来强调本句诗歌的焦点。小畑的译文"Round the city's eastern side"使用了主位化前移（thematic fronting），目的是使承载了已知信息的成分前移做主位，让焦点落在句子最重要的部分"白水"上，前移的主位中带有限定词"the"，表明前移主位传达的是已知信息。第（3）小句与第（2）小句类似，也是由表示地点意义的"Here"充当有标记主位，即主位由环境成分充当。第（4）小句与第（1）小句相似，由主语"You"做无标记主位，其他部分为述位。小畑把"孤蓬"

的译文"Like an unrooted water grass"后移,突出焦点。第(5)句译文只有主位,由语篇主位"oh"和话题主位"floating clouds and the thoughts of a wonderer"共同构成复项主位,其中话题主位由两个名词构成名词词组构成。译文对原文第(6)句略去不译,实属缺憾。小畑把原诗的最后两个小句译成小句复合体,在第一层次中,"We"做主位,其余部分做述位。在第二层次中,从属小句又可进一步做主位结构分析,即"While our horses"做主位,"weigh softly, softly..."做述位。其中"While"是语篇主位,"our horses"是话题主位。小畑译文补出主语"We",作为主位。在中国古诗中,省略句子成分的实例比比皆是。这体现了中国古诗含蓄、简洁的美学特征。进行翻译转换的时候,为了使译文符合英语规范,增补是经常采用的翻译策略[1]。

译文2是宾纳译。第(1)小句的主位是"With a blue line of mountains",由介词短语(环境成分)充当,是标记性主位,与原诗有异。在译诗中,表示环境意义的介词短语做主位。宾纳的译文把原诗的无标记主位译成有标记主位,笔者认为,这样的安排有些头重脚轻。译文省略谓语动词,述位是"north of the wall"。第(2)小句是由"And east of the city"充当有标记复项主位,其中"And"是语篇主位,而话题主位"east of the city"是表示"地点"意义的环境成分。译文2与译文1的第(3)小句译法类似,也是由表示地点意义的"Here"充当有标记主位。第(4)小句宾纳则采用省略主位的译法,其他部分为述位。第(5)小句的主位是"I",由主语充当,是无标记主位。其余部分是述位。但宾纳的译文"I shall think of you in a floating cloud"(我将会想到你在浮云之上)属误译。第(6)句译文

---

[1] 关于唐诗省略的翻译策略参见本书第四章《衔接与唐诗翻译》。

主位由语篇主位"So"和话题主位"in the sunset"共同构成复项主位，其中话题主位由介词词组构成。但宾纳的译文"So in the sunset, think of me"并没有把友情难舍的言下之意表达出来。第（7）小句宾纳的译文补出主语"We"，作为无标记主位。这和小畑使用的策略相似。其余部分是述位。第（8）小句的主位是由"And my horse"充当有标记复项主位，其中"And"是语篇主位，而"my horse"是话题主位。这句译文中的"my horse"也属误译。

译文 3 由美国诗坛意象派创始人庞德（E. Pound）所译。庞德是"意象主义"运动的发起人。"意象主义"运动形成了对西方诗坛很有影响的"意象派"，推动英美诗歌朝现代派方向转变。庞德对东方的文化和诗歌有着很大的兴趣，尤其深受盛唐诗歌的意象影响。庞德曾说："只要读一下自己译的中国诗，就可以明白什么是意象主义。"[1] 意象亦即严羽所谓"羚羊挂角，无迹可求。……如空中之音，相中之色，水中之月，镜中之象，言有尽而意无穷"。[2] 庞德对李白的诗特别感兴趣，因李白的诗如"天马行空"不可羁勒，所以正投"态行驰骋"的庞德之所好。

庞德译的译文 3 中第（1）小句的主位是"Blue mountains"，由主语充当，是无标记主位。这与小畑译文 1 相似。述位其余部分"to the north of wall"是述位，述位省略动词。第（2）小句译法与第（1）小句相似，主位是"White river"，由主语充当，是无标记主位。其余部分"winding about them"是述位，述位由分词短语构成，

---

[1] 赵毅衡，《诗神远游：中国如何改变了美国现代诗》，成都：四川文艺出版社，2013 年，第 15 页。

[2] 严羽，《沧浪诗话》，普慧、孙尚勇、杨遇青评注，北京：中华书局，2015 年，第 23 页。

同样省略动词。庞德译第（3）小句由表示地点意义的"Here"充当有标记主位。第（4）小句"And"充当有标记主位。第（5）小句的主位是"Mind"，由主语充当，是无标记主位。述位省略动词。庞德把第（6）小句和第（7）小句译成小句复合体，在第一层次中，"Sunset"做主位，其余部分做述位。在第二层次中，从属小句又可进一步作主位结构分析，即"Who"做主位，"bow over their clasped hands at a distance"做述位。第（8）小句的主位是"Our horses"，由主语充当，是无标记主位。其余部分是述位。

以上对译文 1、译文 2 和译文 3 的主位结构进行了划分。通过与原诗的主位结构对比，三个英译文在主位结构方面与源语语篇存在差异。庞德的译文的主位结构与原文保持了高度一致。我们把原诗和庞德译诗作进一步对比分析：

《送友人》

（1）青山 T1 横北郭 R1，

庞德译：Blue mountains/to the north of wall

（2）白水 T2 绕东城 R2。

庞德译：White river/winding about them

（3）此地 T1+T2 (ØT3+[T7]) 一为别 R3，

庞德译：Here/ we must make separation

（4）孤蓬 T3 万里征 R4。

庞德译：And/go out through a thousand miles of dead grass.

（5）浮云 T4/R4 游子意 R5/T3，

庞德译：Mind/like a floating wide cloud.

（6）落日 T5 故人情 R6。

庞德译：Sunset/like the parting of old acquaintances

（7）Ø~T3+[T7]/R6~ 挥手自兹去 ~R7/T1+T2+T5~，

庞德译：Who//bow over their clasped hands at a distance.

（8）萧萧 ~T6~ 班马鸣 ~R4~。

庞德译：Our horses/neigh to each other as we are departing.

庞德译文第（1）、（2）、（3）、（6）句的主位分别是"Blue mountains""White river""Here""Sunset"，它们与源语语篇第（1）、（2）、（3）、（6）句的主位"青山""白水""此地""落日"完全一致。第（5）句译文主位"Mind/like a floating wide cloud."和原诗的主位"浮云（主位）游子意（述位）"虽然发生了错位，但和第（6）句形成了对仗的形式效果，即"Mind/like a floating wide cloud.""Sunset/like the parting of old acquaintances"。庞德把第（6）小句和第（7）小句译成小句复合体，在第一层次中，"Sunset"做主位，其余部分做述位。在第二层次中，从属小句又可进一步作主位结构分析，即"Who"做主位，"bow over their clasped hands at a distance."做述位。这样的译法与原诗第（7）句主语省略形成了语言形式上的对应。译文最后一句中的本为述位的"马"被译成小句的主位"Our horses"，表达两马相别犹鸣，衬托李白与友人依依不舍的离别愁绪。此外，为了译文的连贯，译文中补充了原文中省略的衔接手段，如"Here/we must make separation""Our horses/neigh to each other as we are departing."中的代词"we"。

在主位结构的转换方面，译文1、2与原文的主位结构一致性方面明显没有译文3好。译文1只有第（1）、（3）两句的主位结构与原文保持一致，而译文1只有第（1）、（6）两句。我们认为，源语语篇语言结构与发话者传递的信息密切相关。源语语篇与译语语篇在主位结构选择方面的差异导致源语语篇传递源语语篇信息的差别。因此，从语篇功能对等角度来考虑，译语语篇的主位结构越接近源语语篇的结构，就越能够忠实地传递源语语篇所承载的信息。从对庞德译文主位结构与原诗主位结构的对比分析可见，庞德最大限度地保留了源语语篇与译语语篇主位结构的转换，从而最大限度地传达了源语语篇的信息：李白与友人的依依惜别之情。

为了进一步论证我们的观点，即保留源语语篇与译语语篇主位结构的转换可以最大限度地传达源语语篇的信息，我们再以李白名诗《独坐敬亭山》为例。《独坐敬亭山》是李白表现自己精神世界的佳作。此诗表面是写独游敬亭山的情趣，而其深含之意则是诗人生命历程中旷世的孤独感。诗人以奇特的想象力和巧妙的构思，赋予山水景物以生命，将敬亭山拟人化，写得十分生动。诗人写的是自己的孤独，写的是自己的怀才不遇，但更是自己的坚定。《独坐敬亭山》也是李白山水诗的杰出代表作。李白也将精神世界寄托于自然，将情感倾注于山水，追求人与自然的浑然合一，追求乐天适性，写下了大量"我与景浑""神与物游"的山水诗。在诗人的笔下，山水是恬静的化身，是悲情的象征，李白的山水诗是激情的载体，是诗人心灵与大自然的和谐统一。李白山水诗追求的是一种飘逸、豪放、雄浑的审美情趣，更兼具清隽与雄奇的审美意蕴。李白一生纵情山水，任随自己飘逸的情思融于青山、白云、流泉。诗人在他想象的王国，实现了主与客的合一、人与自然的融合，找到了"真趣"，在随意闲适中获得了极大的精神自由。李白诗歌的"云"意象彰显其"空卷舒""任去留"的精神追求和任随自然、超尘脱俗、潇洒自由的人生境界。

基于主位结构理论，我们对《独坐敬亭山》的主位和述位作以下划分（表2-2）：

表 2-2 《独坐敬亭山》的主位和述位

主位	述位
众鸟	高飞尽
孤云	独去闲
相看	两不厌
Ø	只有敬亭山

如表 2-2 所示，原诗的主位结构划分如下：

(1) 众鸟 T1 高飞尽 R1，

(2) 孤云 T2 独去闲 R2。

(3) 相 T3 看 R3 两 T3 不厌 R3，

(4) Ø[T4/R3] 只有敬亭山 R4。

原诗中，"众鸟"和"孤云"两句并行，通过飞鸟和闲云的离去，排除了环境中其他事物的干扰，呈现出一片清雅寂静的景象，只有诗人与敬亭山二者"独处"，彼此欣赏。诗中"相看"中的"相"和"两不厌"中的"两"，都指代诗人和敬亭山，它的实际意思是"两相看不厌"，因此，这是一个错综结构的句子，"相"和"两"被分析为同一成分，居主位，"看"和"不厌"被分析为同一成分，居述位。此外，从具体的文意来看，诗人是有行为能力和情感的，敬亭山并不具有行为能力和情感，因此，"相""两"都偏指诗人，敬亭山只是表达中的连及，并不是"相""两"的实指对象。

原诗中，第（1）、（2）句的主位都由名词词组"众鸟""孤云"体现，是无标记主位，由名词词组体现，在句中做主语。第（3）句是一个错综结构的句子，"相"和"两"被分析为同一成分，是无标记主位，在句中做主语。第（4）句主位省略。

下面，我们以李白诗歌的三个英译本为例，逐句分析英译中的主位结构（表2-3～表2-6）。

表2-3 《独坐敬亭山》译文第（1）句的主位和述位

译文	主位	述位
宇文译	The flocks of birds	have flown high and away
蔡译	The birds	have flown away on pinions high
小畑译	Flocks of birds	have flown high and away

表2-4 《独坐敬亭山》译文第（2）句的主位和述位

译文	主位	述位
宇文译	A solitary cloud	goes off calmly alone
蔡译	A cloud in heedless	goes floating by.
小畑译	A solidary drift of cloud	too, has gone, wandering on

分析表2-3和表2-4，可以发现，三个译文均采用参与者作为主位：The flocks of birds（宇文译）、The birds（蔡译）、Flocks of birds（小畑译）；A solitary cloud（宇文译）、A cloud in heedless（蔡译）、A solidary drift of cloud（小畑译）。原诗主位均转换为译诗主位，这说明三位译者均具有主位结构意识，在译文中通过相应的主位转换来凸显信息。就英汉两种语言而言，英语句子的语序相对固定、主语多位于句首；汉语句子的句首多出现话题。处于无标记状态时，英语句子的主位和主语是重合的，汉语句子的主位基本上就是话题。有研究表明，汉语这种话题突出的语言，其句法结构从本质上讲更趋向于"主位+述位"这种信息结构[1]。因此，从语篇的主位结构这一层面讲，英汉两种语言具有良好的转换基础。

---

[1] 韩玉平，《主位推进模式与汉英语篇翻译》，载《枣庄师专学报》2001年第4期，第19-22页。

表 2-5 《独坐敬亭山》译文第三句的主位和述位

译文	主位	述位
宇文译	We	look at each other and never get bored—
蔡译	The two	that never change their fixed regard
小畑译	And I sit alone with the Ching-ting Peak	towering beyond

如前所述，主位分为有标记主位和无标记主位；由主语充当的主位是无标记主位，由其他成分充当的是有标记主位。如表 2-5 所示，第三句原诗的主位由谓语"相看"充当。三个译文均把原诗由谓语充当的有标记主位转换为由主语充当的无标记主位。原因在于：根据主语和主题在句子组织中的地位，语言可以分为主语显著、主题显著、主语主题都不显著和主语主题都显著这四种类型。一般认为，英语是主语显著的语言，而汉语则是主题显著的语言。在主语显著的语言里，句子的基本结构是以主语和谓语的形式出现的。而在主题显著的语言中，这种主谓关系并不总是很容易识别。汉语的这一特点促成了唐诗"无我之境"的产生。"无我之境"是唐诗的显著特点之一。按照童庆炳的观点，"'无我之境'是指那种情感比较含蓄，不动声色的意境画面"[1]。傅正义认为："'无我之境'则是'以物观物，故不知何者为我，何者为物'，诗人情绪内敛，喜形不露于色，心凝神释，万化冥一，将自己完全融入客观外物，物境即心境，物就是我，我即是物，物境与心境在情感的深层次中冥合化一。"[2]

英语是主语显著的语言，在进行解释性翻译时，英语不可避免会出

---

[1] 童庆炳，《文学理论教程》，北京：高等教育出版社，1988 年，第 51 页。

[2] 傅正义，《中国诗歌"无我之境"奠基者——陶渊明》，载《西南民族学院学报（哲学社会科学版）》2002 年第 10 期，第 59-62 页。

现人称的形式，这就是造成英文译诗把由谓语充当的有标记主位转换为由主语充当的无标记主位的原因。对此，余光中曾说："一位富有经验的译者，于汉诗英译的过程之中，除了要努力传译原作的精神之外，还要决定，在译文里面，主词应属第几人称，动词应属何种时态，哪一个名词应该是单数，哪一个应该是复数等等。这些看来像细节的问题，事实上严重地影响一首诗的意境，如果译者的选择不当，他的译文再好，也将难以弥补理解上的缺失。"[1]

表 2-6 《独坐敬亭山》译文第三句的主位和述位

译文	主位	述位
宇文译	Just	me and Jingting Mountain
蔡译	Are ye	fair Ching-t'ing hills, and I, your bard
小畑译	We	never grow tired of each other, the mountain and I

如表 2-6 所示，原诗第（4）句的主位由动词词组"只有"充当。小畑的译文依然采用第（3）句的译法：把由谓语充当的有标记主位"只有"转换为由主语充当的无标记主位"We"。宇文的译文使用副词"just"充当有标记主位，最大限度地再现原诗的主位结构模式及其诗学意图，将源语语篇中的主位结构尽可能地转换到目的语当中去。

2.1.2 主位结构英译策略

在翻译中，理想的目标是源语语篇与译语语篇主位结构的完全对等，但在翻译实践中是不可能做到完全对等的。虽然在进行翻译转换的时候，源语和译语的主位结构并不能完全对应，但追求主位结构的对等依然是译者在目的语中选择译语形式时的重要依据。

---

1 余光中，《余光中谈翻译》，北京：中国对外翻译出版公司，2002 年，第 5 页。

从上面的对比分析我们可以看出，源语语篇与译语语篇的主位结构转换分为三种类型：（1）完全对等；（2）不完全对等；（3）不对等。据此，我们把主位结构英译策略分为三类：（1）沿袭原文的主位结构；（2）部分调整原文主位结构；（3）改变原文主位结构。以庞德译《送友人》为例：

《送友人》

（1）青山 $_{T1}$ 横北郭 $_{R1}$，

庞德译：Blue mountains/to the north of wall

（2）白水 $_{T2}$ 绕东城 $_{R2}$。

庞德译：White river/winding about them

（3）此地 $_{T1+T2\,(ØT3+[T7])}$ 一为别 $_{R3}$，

庞德译：Here/we must make separation

（4）孤蓬 $_{T3}$ 万里征 $_{R4}$。

庞德译：And/go out through a thousand miles of dead grass.

（5）浮云 $_{T4/R4}$ 游子意 $_{R5/T3}$，

庞德译：Mind/like a floating wide cloud.

（6）落日 $_{T5}$ 故人情 $_{R6}$。

庞德译：Sunset/like the parting of old acquaintances

（7）Ø$_{T3+[T7]/R6}$ 挥手自兹去 $_{R7/T1+T2+T5}$，

庞德译：Who//bow over their clasped hands at a distance.

（8）萧萧 $_{T6}$ 班马鸣 $_{R4}$。

庞德译：Our horses/neigh to each other as we are departing.

第一，沿袭原文的主位结构。

沿袭原文的主位结构有利于使源语语篇和译语语篇在主位结构的转

换上达到形式和意义的完全对等，实现篇章的连贯，更好地传达作者的交际意图。例如，庞德译文第（1）、（2）、（3）、（6）句的主位分别为"Blue mountains""White river""Here""Sunset"，与源语语篇第（1）、（2）、（3）、（6）句的主位"青山""白水""此地""落日"在主位结构的形式和意义上达到了完全一致。

第二，部分调整原文主位结构。

英语与汉语分属两种不同语系，在语法、句子结构、表达方式上存在差异，因此，为了保证译文的通顺与连贯，译者需要部分调整译文的主位结构，使源语语篇和译语语篇在主位结构的转换上达到形式或者意义的部分对等。例如，庞德译文第（4）句"And /go out through a thousand miles of dead grass."和原文"孤蓬（主位）万里征（述位）"都是单项主位，但原文和译文意义不同。第（5）句的译文"Mind /like a floating wide cloud."和原文"浮云（主位）游子意（述位）"都是单项主位，但第（5）句的原文和译文的主述位发生了错位。

第三，改变原文主位结构。

改变原文主位结构指的是源语语篇和译语语篇在进行主位结构转换时，无论形式还是意义都不对等。例如，庞德译文第（7）句的原文"（主位省略）挥手自兹去"的主位结构省略，但译文译作单项主位"Who//bow over their clasped hands at a distance."，完全改变了原文主位结构。庞德译文第（8）句的原文"萧萧（主位）班马鸣"是单项主位，但译文译作复项主位"Our horses"。原文与译文的主位结构无论在形式上还是意义上都不对等。这表明，译者在翻译的时候采用了改变原文主位结构的翻译策略。

主位结构观照下的翻译策略认为，在不违背目的语语篇规律的基础上，译者应尽量保留原文的主位结构，以便准确忠实地传达原文的意思。当由于英汉两种语言句式、语法、表达习惯等的差异，无法完整保留原文的主位结构时，译者应具体问题具体分析，适时地部分调整或完全改变主位结构。

2.2 俄语实义切分理论研究与语篇翻译

马泰休斯创立的实义切分法（актуальное членение）对苏联语篇语言学的发展产生了深远的影响。维诺格拉多夫（В. В. Виноградов）在1954年苏联科学院出版的《俄语语法》第二卷的序言中介绍了实义切分理论，认为这是一种"摆脱赤裸裸的形式——逻辑的窠臼"的研究句法现象的尝试。他指出，实义切分理论对于深刻理解俄语的各种表情手段（包括词序）是有益的[1]。苏联语言学家把实义切分法运用于句法研究，创立了一门语言学科——实义切分句法。实义切分句法以实义切分理论为基础，阐释俄语句子的词序问题、句子的交际形式和交际功能，研究句子的实义切分与上下文和语言环境的关系。运用实义切分法分析句子，对于研究词序、分析句子的交际功能和交际结构、揭示言语构成的内部规律都有十分重要的意义。如前所述，俄语的实义切分研究经历了一个由句子到语篇的过程，俄语语篇语言学探索在更大的语篇单位中进行实义切分的问题。

1976年，切尔尼亚霍夫斯卡娅（Л. А. Черняховская）在《翻译与思维结构》（«Перевод и смысловая структура»）一书中，借鉴布拉格学派的信息结构理论，系统地探讨了言语交际结构（主位—述位结构）及其在翻译中的转换问题，描述了报刊政论语体俄译英的过程，

---

[1] 王福祥，《俄语实义切分句法》，北京：外语教育与研究出版社，1984年，第6页。

并归纳出10种语句的翻译模式,具有很强的可操作性[1]。在国内俄语学界,赵陵生最先倡导实义切分理论观照下的俄汉翻译研究[2]。国内俄语学界有学者把实义切分理论运用于翻译研究,如陈洁《从实际切分角度谈翻译中的词序及行文线索》(1990)、朱达秋《在俄汉翻译教学中运用实际切分法的一点尝试》(1989)、周力《俄语连贯性话语中"谓语+主语"句式的特点及其翻译》(1995)等。

2.2.1 源语与俄译的主位结构对比分析

我们以李白的《送友人》一诗及其俄译文本为例,尝试评价《送友人》及其三个俄译本在主位结构方面的差异,以及由此差异导致的语篇信息转换的不同之处。如表2-7所示,我们对《送友人》一诗的原文和译文的主位和述位作了如下划分:

表2-7 《送友人》一诗的原文和俄译的主位和述位

原文		译文1(阿理克译)		译文2(吉多维奇译)		译文3(托洛普采夫译)	
主位	述位	主位	述位	主位	述位	主位	述位
(1)青山	横北郭	Зеленые горы	торчат над северной частью,	Зеленеет гора,	там, где города северный край,	На севере	зеленых гор стена,
(2)白水	绕东城	А белые воды	кружат возле восточных стен.	Серебрится река,	повернув за восточной стеной.	К востоку	вод излучины видны.

---

[1] Черняховская Л. А. Перевод и смысловая структура. М.: Международныеотношения, 1976.

[2] 赵陵生,《俄语词序与翻译》,载《外语教学与研究》1981年第1期,第18-23页。

2 主位结构与唐诗翻译 / 073

原文		译文1（阿理克译）		译文2（吉多维奇译）		译文3（托洛普采夫译）	
主位	述位	主位	述位	主位	述位	主位	述位
(3)此地	一为别	На этой земле	мы как только с тобою простимся,	Здесь, на этой земле,	мы сказали друг другу: "Прощай!",	Здесь	нам с тобой разлука суждена,
(4)孤蓬	万里征	Пырей - сирота	ты - за тысячи верст.	И за тысячи ли	ты умчался "летучей травой".	Травин - ки	ураганом сметены.
(5)浮云	游子意	Плывущие тучи	- вот твои мысли бродят.	Странник, мысли твои,	как плывущие вдаль облака,	Летучей тучкой	растворится друг,
(6)故人情	落日	Вечернее солнце	- вот тебе друга душа.	А у друга в душе -	заходящего солнца печаль.	Закатa	грусть разлив в душе моей,
(7)挥手自兹去		Махнешь мне рукою	- отсюда сейчас уйдешь ты,	Ты уже далеко,	но взметнулась в прощании руки.	И на прощанье	лишь отмашка рук
(8)萧萧班马鸣		И грустно, протяжно	заржет разлученный конь.	Разлученный с твоим,	ржет мой конь в опустевшую даль...	Да	жалобное ржание коней.

原诗的主位结构划分如下：

（1）青山 T1 横北郭 R1，

（2）白水 T2 绕东城 R2。

（3）此地 T1+T2 (ØT3+[T7]) 一为别 R3，

（4）孤蓬 T3 万里征 R4。

（5）浮云 T4/R4 游子意 R5/T3，

（6）落日 T5 故人情 R6。

（7）Ø T3+[T7]/R6 挥手自兹去 R7/T1+T2+T5，

（8）萧萧 T6 班马鸣 R4。

原诗第（1）句的主位是无标记主位，由名词词组"青山"体现，在句中做主语。第（2）句的主位也是无标记主位，由名词词组"白水"体现，在句中做主语。第（3）句的主位是有标记主位，由名词词组"此地"体现，在句中做状语。第（4）句原文的主位"孤蓬"比喻友人别后将如孤蓬万里，不知要飘泊到何处。第（5）句原诗的主位是"浮云"。曹丕《杂诗》：西北有浮云，亭亭如车盖。惜哉时不遇，适与飘风会。吹我东南行，行行至吴会。后世用为典实，以浮云飘飞无定喻游子四方漂游。浮云，飘动的云。游子，离家远游的人。第（6）句原诗的主位是"落日"。落日，指夕阳下山，夕阳余晖可比难舍友情。中国的古诗词中有许多描述夕阳喻离别之情的佳句，如"夕阳西下，断肠人在天涯""花前洒泪临寒食，醉里回头问夕阳""愁客叶舟里，夕阳花水时""高城满夕阳，何事欲沾裳""霁色陡添千尺翠，夕阳闲放一堆愁"等，可谓不胜枚举。原诗第（7）句的主位省略。原诗第（8）句主位"萧萧"是象声词，形容马的嘶鸣声。

译文1是阿理克译。第（1）小句的主位是"Зеленые горы"，这是主语充当主位，是无标记主位，与原诗一致。其余部分是述位。第（2）小句由语篇主位"А"和话题主位"белые воды"共同构成复项主位，充当有标记主位，这是主语充当主位，是无标记主位，与原诗一致。第（3）小句由表示地点意义的前置词词组"На этой земле"充当有标记主位，即主位由环境成分充当。第（4）小句主位由名词词组

"Пырей‐сирота"充当，在这里阿理克使用了等值手法，把汉文化中表示飘泊天涯的"孤蓬"译作"Пырей‐сирота"（贱如草芥的孤儿），做无标记主位，其他部分为述位。第（5）句译文的主位"Плывущие тучи"由名词词组构成。主语充当主位，是无标记主位，与原诗一致。与第五句译文类似，第（6）句译文主位"Вечернее солнце"也是由名词词组构成。主语充当主位，是无标记主位，与原诗一致。第（7）句译文由小句"Махнешь мне рукою"构成句项主位。俄语是典型的屈折语，动词具有丰富的形式变化，人称的确定可以依赖词形变化来完成，因此句中可以省略人称代词。在中国古诗中，省略句子成分的实例比比皆是，这体现了中国诗含蓄、简洁的美学特征。进行翻译转换的时候，俄语省略人称代词的译法正好可以体现汉诗的这种美学特征。第（8）句译文主位"И грустно, протяжно"是复项主位，由语篇主位"И"和话题主位"грустно, протяжно"共同构成，充当有标记主位。

译文2是吉多维奇译。第（1）小句的主位是"Зеленеет гора"，这是一个句项主位，由主从复合句中的主句充当，是有标记主位，与原诗有异。笔者认为，吉多维奇的译文把原诗的无标记主位"青山"译成有标记句项主位"Зеленеет гора"，把源语语篇的静态转换为动态，同时句项主位"Зеленеет гора"还使用了倒装句式来突出山的绿，这样的安排没有突出源语语篇的信息焦点。第（2）小句同样由小句"Серебрится река，"充当有标记的句项主位，这与第（1）小句的译法类似。与前两句的译法相似，第（3）小句同样由小句"Здесь, на этой земле，"充当有标记的句项主位，与原诗一致。第（4）小句的主位是"И за тысячи ли"，由语篇主位"И"和话题主位"за тысячи ли"共同构成复项主位，其中话题主位由前置词词组构成。与原诗相较，译诗产生了主述位的错位，改变了源语语篇的信息焦点。第

（5）小句的主位是"Странник, мысли твои,"，是句项主位。与第（4）小句的译法类似，译诗也产生了主述位的错位，改变了源语语篇的信息焦点。第（6）小句的主位是"А у друга в душе-"，是复项主位，由语篇主位"А"和话题主位"у друга в душе"共同构成，其中话题主位由前置词词组构成。译诗也产生了主述位的错位，改变了源语语篇的信息焦点。译诗第（5）、（6）小句完全改变了源语语篇的语言形式美，即"浮云"与"落日"的对仗。第（7）小句的主位是由"Ты уже далеко,"充当有标记的句项主位。但该句译文中的"Ты уже далеко, но взметнулась в прощании рука."属误译。与第（7）小句的译法类似，第（8）小句由小句"Разлученный с твоим,"充当标记性的句项主位。但该句译文中的"Разлученный с твоим, ржет мой конь в опустевшую даль..."也属误译。

译文3由托洛普采夫所译。译文3的第（1）小句的主位是"На севере"，是有标记主位，也是复项主位。其中话题主位由前置词词组构成。与原诗相较，译诗产生了主述位的错位，改变了源语语篇的信息焦点。第（2）小句译法与第（1）小句相似，主位是"К востоку"，是有标记主位，也是复项主位，其中话题主位由前置词词组构成。与原诗相较，译诗产生了主述位的错位，改变了源语语篇的信息焦点。托洛普采夫译第（3）小句由表示地点意义的"Здесь"充当有标记主位，与原诗一致。第（4）小句"Травин-ки"由主语充当无标记主位，与原诗主位结构一致。第（5）小句的主位是"Летучей тучкой"，由名词五格构成，充当状语，是有标记主位，与原诗主位结构一致。第（6）小句的主位是"Заката"，由主语充当，是无标记主位。其余部分是述位。第（7）小句主位是"И на прощанье"，是复项主位，由语篇主位"И"和话题主位"на прощанье"共同构成，其中话题主位由前置词词组构成；译诗也产生了主述位的错位，改变了源语语篇的信息焦点。第（8）句译文主位"Да"是单项主位，也是有标记主位。译者使用语气词"Да"来转换原文的象声词"萧萧"。但译文的述位"жалобное ржание коней."由名词词组构成，没有把源语语篇述位"班马鸣"的动态表现出来。

《送友人》一诗以对仗出彩。"青山"对"白水"，"北郭"对"东城"，"浮云"对"落日"，而且有声有色，流水潺潺，似可耳闻，青白辉映，俱在眼前，"横"字刻画青山的"静"，"绕"字描绘白水的"动"，动中有静，静中有动。

对译文1、译文2和译文3的主位结构进行对比，可以发现，三个俄译文与源语语篇在主位结构方面存在差异。其中吉多维奇的译文2的主位结构与原文相去甚远，并且存在误译。由托洛普采夫所译的译文3部分保持了原文的主位结构，但对源语语篇动静结合的特点把握不准确。从源语语篇和译语语篇主位结构转换的角度而言，阿理克的译文1最为出色。我们把原诗和阿理克译诗作进一步对比分析：

《送友人》

（1）青山 $_{T1}$ 横北郭 $_{R1}$，

阿理克译：Зеленые горы/торчат над северной частью，

（2）白水 $_{T2}$ 绕东城 $_{R2}$。

阿理克译：А белые воды/кружат возле восточных стен.

（3）此地 $_{T1+T2\ (\emptyset T3+[T7])}$ 一为别 $_{R3}$，

阿理克译：На этой земле/мы как только с тобою простимся，

（4）孤蓬 $_{T3}$ 万里征 $_{R4}$。

阿理克译：Пырей - сирота/ты - за тысячи верст.

（5）浮云 $_{T4/R4}$ 游子意 $_{R5/T3}$，

阿理克译：Плывущие тучи/ - вот твои мысли бродят.

（6）落日 $_{T5}$ 故人情 $_{R6}$ 。

阿理克译：Вечернее солнце/ - вот тебе друга душа.

（7）Ø$_{T3+[T7]/R6}$ 挥手自兹去 $_{R7/T1+T2+T5}$，

阿理克译：Махнешь мне рукою/ - отсюда сейчас уйдешь ты，

（8）萧萧 $_{T6}$ 班马鸣 $_{R4}$ 。

阿理克译：И грустно，протяжно/заржет разлученный конь.

阿理克译文第（1）、（3）、（4）、（5）、（6）句的主位分别是"Зеленые горы""На этой земле""Пырей - сирота""Плывущие тучи""Вечернее солнце"，它们与源语语篇第（1）、（3）、（4）、（5）、（6）句的主位"青山""此地""孤蓬""浮云""落日"一致。第（2）句原文主位"白水"是单项主位，也是无标记主位。第（2）句译文主位"А белые воды"则是复项主位，由语篇主位"А"和话题主位"белые воды"共同构成，充当有标记主位。译文与原文存在差异。第（7）句原诗主位省略，阿理克译作小句"Махнешь мне рукою"，构成句项主位。第（8）句译文主位"И грустно，протяжно"是复项主位，由语篇主位"И"和话题主位"грустно，протяжно"共同构成，充当有标记主位。

比较而言，在主位结构的转换方面，译文2、译文3与原文的主位结构在一致性方面明显没有译文1好。译文2大量采用句项主位，译语语篇与源语语篇主述位结构的错位也导致传递源语语篇的信息的缺失。译文3有四句的主位结构与原文保持一致，但第（1）、（2）句译语语篇与源语语篇主述位结构的错位也导致传递源语语篇信息的缺失，破坏了原文对仗的语言特点以及动静结合的美感。因此，源语语篇与译语篇在主位结构方面是否保持一致，是译语语篇能否传递源语语篇的重要考量标准之一，因为源语语篇主位结构与发话者传递的信息密切相关。主位结构视角下的汉诗俄译同样证明，译语语篇的主位结构越接近源语语篇的结构，就越能够忠实地传递源语语篇所承载的信息。从对阿理克的译文主位结构与原诗主位结构的对比分析可见，阿理克的译文最大限度地保留了源语语篇的主位结构，从而更好地传达了源语语篇的信息。

为了进一步论证我们的观点，即译文保留源语语篇的主位结构可以最大限度地传达源语语篇的信息，我们再以李白名诗《渌水曲》的俄译为例。《渌水曲》是李白的佳作之一。此诗为乐府古曲，并深得南朝乐府诗的神韵，语言清新自然，内容含蓄深婉。诗作描写了一幅迷人的秋景。首句写景，南湖的水碧绿澄澈，映衬得秋月更明。次句叙事，言女子采白苹。三、四两句构思别致精巧，"荷花"不仅"娇"而且"欲语"，娇媚动人，这美丽的奇景触发了荡舟女子的情思，她不免心旌摇荡，无限哀婉惆怅起来。

基于主位结构理论，如表 2-8 所示，我们对《渌水曲》的主位和述位作以下划分：

表 2-8 《渌水曲》的主位和述位

主位	述位
渌水	明秋月
南湖	采白苹
荷花	娇欲语
Ø	愁杀荡舟人

原诗中，第（1）、（2）、（3）句的主位分别由名词词组"渌水""南湖""荷花"体现，第（4）句主位省略。"渌水""南湖"是环境成分做主位，"荷花"是参与者做主位。

下面，我们以《渌水曲》的三个俄译本为例，对俄译中的主位结构逐句进行分析（表 2-9～表 2-12）。

表 2-9 《渌水曲》译文第（1）句的主位和述位

译文	主位	述位
阿理克译	В чистой воде	светла осенняя луна,
吉多维奇译	В струящейся воде	осенняя луна.
托洛普采夫译	Чиста струя,	и день осенний ясен,

分析第（1）句可以发现，阿理克和吉多维奇均采用环境成分充当主位：В чистой воде（阿理克译）、В струящейся воде（吉多维奇译）。原诗主位"渌水"是环境成分，均转换为译诗主位，这说明二位译者均具有主位结构意识，在译文中通过相应的主位转换来凸显信息。托洛普采夫的译文"Чиста струя"，是句项主位，与原诗不符。

表 2-10 《渌水曲》译文第（2）句的主位和述位

译文	主位	述位
阿理克译	На южном озере	рву белые кувшинки.
吉多维奇译	На южном озере	Покой и тишина.
托洛普采夫译	Срывает	дева белые цветки.

分析第（2）句可以发现，阿理克和吉多维奇仍然采用环境成分充当主位：На южном озере（阿理克译）、На южном озере（吉多维奇译）。原诗主位"南湖"是环境成分，均转换为译诗主位。托洛普采夫的译文"Срывает"是过程，与原诗的环境成分不符。

表 2-11　《渌水曲》译文第（3）句的主位和述位

译文	主位	述位
阿理克译	Лотос цветок…	Баловень, хочет заговорить!
吉多维奇译	И лотос	хочет мне сказать о чем-то грустном,
托洛普采夫译	А лотос что-то молвит…	Он прекрасен

如前所述，主位分为有标记主位和无标记主位；由主语充当的主位是无标记主位，由其他成分充当的是有标记主位。第（3）句原诗的主位由主语"荷花"充当。阿理克的译文"Лотос цветок…"是名词词组做单项主位，是无标记主位，与原文完全一致。吉多维奇的译文"И лотос"是复项主位，由语篇主位"И"和话题主位"лотос"构成，也是无标记主位，与原文基本一致。托洛普采夫仍然采用句项主位的译法，译文"А лотос что-то молвит…"把原诗由主语充当的无标记主位转换为由小句充当的有标记主位。

表 2-12　《渌水曲》译文第（4）句的主位和述位

译文	主位	述位
阿理克译	Тоской	убивает движущего лодку человека.
吉多维奇译	Чтоб	грустью и моя душа была полна.
托洛普采夫译	И	тем лишь прибавляет ей тоски.

第（4）句原诗的主位空缺。三个译文各有特色。阿理克译文的主位是"Тоской"，由名词五格构成，充当状语，是有标记主位。吉多维奇译文的主位是"Чтоб"，由连接词构成，也是有标记主位。托洛普采夫译文的主位是"И"，由连接词构成，也是有标记主位。三个译文在主位结构上都与原文不一致，但从意译的角度而言，阿理克译文最大限度地表达出原诗的信息焦点：荡舟女子的无限哀婉与惆怅。

2.2.2 主位结构俄译策略

如前所述，基于主位结构理论的语篇翻译理论追求源语语篇与译语语篇主位结构的完全对等。虽然源语和译语在翻译转换的时候主位结构并不能完全对应，但追求主位结构的对等依然是译者选择译语形式时的重要指导原则。

从上面的对比分析我们可以看出，源语语篇与译语语篇的主位结构转换分为三种类型：（1）完全对等；（2）不完全对等；（3）不对等。据此，我们把主位结构俄译策略分为三类：（1）沿袭原文的主位结构；（2）部分调整原文主位结构；（3）改变原文主位结构。以阿理克译《送友人》为例：

《送友人》

（1）青山 $_{T1}$ 横北郭 $_{R1}$，

阿理克译：Зеленые горы/торчат над северной частью，

（2）白水 $_{T2}$ 绕东城 $_{R2}$。

阿理克译：А белые воды/кружат возле восточных стен.

（3）此地 $_{T1+T2\,(ØT3+[T7])}$ 一为别 $_{R3}$，

阿理克译：На этой земле/мы как только с тобою простимся，

（4）孤蓬 $_{T3}$ 万里征 $_{R4}$。

阿理克译：Пырей - сирота/ты - за тысячи верст.

（5）浮云 $_{T4/R4}$ 游子意 $_{R5/T3}$，

阿理克译：Плывущие тучи/‐вот твои мысли бродят.

（6）落日 $_{T5}$ 故人情 $_{R6}$。

阿理克译：Вечернее солнце/‐вот тебе друга душа.

（7）Ø $_{T3+[T7]/R6}$ 挥手自兹去 $_{R7/T1+T2+T5}$，

阿理克译：Махнешь мне рукою/－отсюда сейчас уйдешь ты,

（8）萧萧 _{T6} 班马鸣 _{R4}。

阿理克译：И грустно, протяжно/заржет разлученный конь.

第一，沿袭原文的主位结构。

沿袭原文的主位结构有利于使源语语篇和译语语篇在主位结构的转换上达到形式和意义的完全对等，实现篇章的连贯，更好地传达作者的交际意图。例如，阿理克译文第（1）、（4）、（5）、（6）句的主位分别是"Зеленые горы" "Пырей－сирота" "Плывущие тучи" "Вечернее солнце"，它们与源语语篇第（1）、（4）、（5）、（6）句的主位"青山" "孤蓬" "浮云" "落日"一致。

第二，部分调整原文主位结构。

俄语与汉语分属两种不同语系，在语法、句子结构、表达方式上存在差异，因此，为了保证译文的通顺与连贯，译者需要部分调整译文的主位结构，使源语语篇和译语语篇在主位结构的转换上达到形式和意义的部分对等。例如，阿理克译文第（3）句的原文和译文都是单项主位，但原文主位由名词词组"此地"构成，译文主位则由前置词词组"На этой земле"构成。阿理克译文第（2）句的原文和译文的意义相同，但原文"白水"是单项主位，由名词词组构成，译文主位"А белые воды"则是复项主位，由语篇主位"А"和主题主位"белые воды"构成。

第三，改变原文主位结构。

改变原文主位结构指的是源语语篇和译语语篇在进行主位结构转换时，无论形式还是意义都不对等。我们来看阿理克译文第（7）句和第（8）句。第（7）句的原文主位省略，译文主位由小句"Махнешь мне рукою"构成句项主位。第（8）句的原文主位由象声词"萧萧"构成，是单项主位。其译文主位"И грустно, протяжно"是复项主位，由语篇主位"И"和话题主位"грустно, протяжно" 共同构成，充当有标记主位。原文与译文的主位结构无论在形式上还是意义上都不对等。

　　主位结构观照下的翻译策略认为，在不违背目的语语篇规律的基础上，译者应尽量保留原文的主位结构，以便准确忠实地传达原文的意思。这与阿理克的译诗观念不谋而合。他认为："译诗既要顾及原作的结构、节奏，又要符合译入语诗歌的音韵特点。概括而言，他主张科学的艺术的翻译，所谓科学，就是注重语言的准确，所谓艺术，就是注重风格和音乐性，注重审美价值。"[1] 当然，由于俄汉两种语言句式、语法、表达习惯等的差异，当无法完整保留原文的主位结构时，适时地部分调整或完全改变主位结构也是必要的。

1　谷羽，《李白〈渌水曲〉在国外的流传》，载《中华读书报》，2012 年 12 月 05 日第 19 版。

2.3 英译与俄译的主位结构对比分析

以上我们分别对《送友人》的俄译和英译进行了原文和译文的对比分析。研究表明，英译和俄译在主位结构转换方面存在共同之处和相异之处。为了进一步深究英俄译文主位结构转换的异同，我们将对主位结构转换出色的庞德英译文与阿理克俄译文进行对比分析，以期对唐诗外译不同语种译本的特点有所发现。庞德英译和阿理克俄译的主位结构与原文均保持了高度一致。我们将对原诗和两种译本作进一步对比分析：

《送友人》

（1）青山 T1 横北郭 R1，

庞德译：Blue mountains/to the north of wall

阿理克译：Зеленые горы/торчат над северной частью，

（2）白水 T2 绕东城 R2。

庞德译：White river/winding about them

阿理克译：А белые воды/кружат возле восточных стен.

（3）此地 T1+T2 (ØT3+[T7]) 一为别 R3，

庞德译：Here/we must make separation

阿理克译：На этой земле/мы как только с тобою простимся，

（4）孤蓬 T3 万里征 R4。

庞德译：And /go out through a thousand miles of dead grass.

阿理克译：Пырей - сирота/ты - за тысячи верст.

（5）浮云 T4/R4 游子意 R5/T3，

庞德译：Mind/like a floating wide cloud.

阿理克译：Плывущие тучи/‐вот твои мысли бродят.

（6）落日 T5 故人情 R6。

庞德译：Sunset/like the parting of old acquaintances

阿理克译：Вечернее солнце/‐вот тебе друга душа.

（7）Ø T3+[T7]/R6 挥手自兹去 R7/T1+T2+T5，

庞德译：Who//bow over their clasped hands at a distance.

阿理克译：Махнешь мне рукою/‐отсюда сейчас уйдешь ты，

（8）萧萧 T6 班马鸣 R4。

庞德译：Our horses/neigh to each other as we are departing.

阿理克译：И грустно，протяжно/заржет разлученный конь.

庞德英译的第（1）小句的主位是"Blue mountains"，由主语充当，是无标记主位。阿理克俄译第（1）小句的主位是"Зеленые горы"，是主语充当主位，是无标记主位。就第（1）小句的主位结构的转换而言，无论庞德英译还是阿理克俄译，都与原诗的主位"青山"一致。不同之处在于，庞德英译的述位"Blue mountains/to the north of wall"省略了动词，而阿理克俄译"Зеленые горы/торчат над северной частью，"使用了动词"торчат"来表现原诗的动词"横"。原诗"青山（主位）横北郭（述位）"意指"青山横亘外城之北"。阿理克俄译"торчат"的释意是"быть в стоячем положении, высовываясь, выпирая откуда‐н.（直立，耸立）"。相较而言，阿理克俄译并未体现原诗"城外青山横亘之美"，庞德英译采用省略的翻译策略则为读者体会这样的意境留下了想象的空间。

庞德英译的第（2）小句译法与第（1）小句相似，"White river"是无标记主位，由主语充当。其余部分"winding about them"是述位，述位由分词短语构成。庞德英译的主位与原诗一致。阿理克俄译的第（2）小句由语篇主位"A"和话题主位"белые воды" 共同构成复项主位，充当有标记主位，阿理克俄译的主位与原诗相异。阿理克俄译的述位"кружат возле восточных стен."使用了动词"кружат"，该词的释意是"弯弯曲曲地走（заставлять двигаться кругообазно）"。尽管阿理克俄译刻意使用与原文相似的句式，即"主谓结构"，但并未体现原诗的内涵。

庞德英译的第（3）小句由表示地点意义的"Here"充当有标记主位，这与源语语篇第（3）句的主位"此地"不一致。此地是名词词组构成，而庞译则采用了副词。阿理克俄译第（3）小句由表示地点意义的前置词词组"На этой земле"充当有标记主位，即主位由环境成分充当。前置词词组的使用也与原文的名词词组相异。相较而言，庞德的译文更为简练，也更与原文相符。阿理克俄译"На этой земле"释意为"在这个地方，在这片土地"。值得一提的是，二者的译文都采用了加词的手法，使用了人称代词"we""мы"。与属于汉藏语系的汉语相较而言，俄语和英语同属印欧语系，二者有更多的相通之处。从语言的组合方式来看，英俄语主要依赖语法范畴等语言形式来连接语言成分，注重形合方式。汉语，特别是古汉语，主要依赖意义或逻辑关系来连接语言成分，注重意合。在诗歌中的表现是，汉诗不受人称限制，而英俄则注重语法关系，如主语的人称和数决定谓语动词的变化、时态及代词、介词、冠词和连接词的使用等。为了使译文符合语言规范，英俄译文均采用了增补的策略，即使用第一人称复数形式"we"和"мы"。

第（4）句庞德的译文中"And"充当有标记主位，与原文主位不一致。阿理克的译文主位由名词词组"Пырей‑сирота"充当，在这里阿理克使用了等值手法，把汉文化中表示漂泊天涯的"孤蓬"译作"Пырей‑сирота"（贱如草芥的孤儿），做无标记主位，与原文主位一致。相较而言，阿理克的译文更胜一筹。

第（5）句庞德的译文主位"Mind/like a floating wide cloud."和原诗的主位"浮云（主位）游子意（述位）"虽然发生了错位，但和第（6）句形成了对仗的形式效果，即"Mind/like a floating wide cloud.""Sunset/like the parting of old acquaintances"。阿理克第（5）句译文的主位"Плывущие тучи"由名词词组构成，主语充当主位，是无标记主位，与原诗一致。阿理克第（6）句译文与第（5）句译文类似，主位"Вечернее солнце"也是由名词词组构成，主语充当主位，是无标记主位，与原诗一致。阿理克的译文的主位结构与原诗一致，同样达到了对仗的形式效果。因此，阿理克的译文更好地体现了原文的意象"浮云""Sunset"所营造的美学效果。

庞德把第（6）句和第（7）句译成小句复合体，在第一层次中，"Sunset"做主位，其余部分做述位。在第二层次中，从属小句又可进一步作主位结构分析，即"Who"做主位，"bow over their clasped hands at a distance."做述位。这样的译法与原诗第（7）句主语省略形成了语言形式上的对应。阿理克的第（7）句译文"Махнешь мне рукою/‑отсюда сейчас уйдешь ты，"中，小句"Махнешь мне рукою"构成句项主位。值得一提的是，阿理克的译诗采用了倒装的句式来表达原诗的信息焦点。关于俄语的词序，赵陵生指出，"俄语有发达的形态系统，词在句中的句法功能借助词形变化表现，因此词序的变化一般不会引起句子成分的变化。在俄语的书面语中，词序乃是表达句子实义切分的最主要手段"[1]，"倒序在修辞上具有特别的表现力"[2]。

庞德译文最后一句中原文的述位"马"被译成小句的主位"Our horses"，表达两马相别犹鸣，衬托李白与友人依依不舍的离别愁绪。庞德的译文主位和原诗的主位发生了错位。此外，为了译文的连贯，原文中省略的衔接手段在译文中都得以体现，如"Our horses /neigh to each other as we are departing."中的代词"we"。阿理克第（8）句译文的主位"И грустно, протяжно"是复项主位，由语篇主位"И"和话题主位"грустно, протяжно"共同构成，充当有标记主位。译者采用意译的手法把李白与友人依依不舍的离别愁绪诠释出来。

源语语篇主位结构与发话者传递的信息密切相关。主位结构视角下的汉诗英译和俄译的对比分析证明，译语语篇的主位结构越接近源语语篇的结构，就越能够忠实地传递译语语篇所承载的信息。源语语篇与译语语篇在主位结构选择方面的差异导致译语语篇传递源语语篇的信息的差别。源语语篇语言结构与发话者传递的信息密切相关。因此，从语篇功能对等角度来考虑，译语语篇的主位结构越接近源语语篇的结构，就越能够忠实地传递源语语篇所承载的信息。从对庞德译文和阿理克译文主位结构与原诗主位结构的对比分析可见，两种译文均最大限度地保留了源语语篇与译语语篇的主位结构，从而最大限度地传达了源语语篇的信息：李白与友人的依依惜别之情。但英俄两种语言分属不同的语言类型，俄语是综合型的语言，词序有着重要的作用；现代英语是由综合型向分析型转化的语言，在词序上比俄语更严谨。这就对译诗的语言表达方式产生了影响，汉诗英译比俄译在词序上更加严谨。

---

1 赵陵生，《表达句子中心信息的手段——俄、汉词序比较》，载《外语教学与研究》1985年第3期，第41-44页。
2 赵陵生，《俄语词序与翻译》，载《外语教学与研究》1981年第1期，第18-23页。

2.4 小结

本章对主位结构这种语言形式在承载语篇意义方面的作用展开了研究。具体来讲，以唐诗英译本和俄译本为研究语料，从主位结构视角对比分析李白诗歌的英译本和俄译本，以此探讨汉英俄主位结构方面的差异以及由此导致的翻译转换的策略。

研究认为，主位结构是构成语篇功能的语义系统之一。因此，译者在理解源语语篇时，必须对源语语篇中的主位结构给予充分的关注。这是译者在目的语中选择语篇成分时的重要依据。虽然源语和译语在翻译转换的时候主位结构并不能完全对应，但无视源语语篇的主位结构无疑会导致译语的语篇成分成为无源之水。因此，在运用目的语进行转换时，译者须具有主位结构意识，即小句就是信息，而不是词汇语法成分组成的字符串[1]，在参照源语语篇主位结构的基础上，在目的语语篇中将主位结构组织为承上启下的语篇成分，达到目的语语篇的衔接与连贯，使译文无论在形式上还是意义上都能与原文相契合。

研究同时强调唐诗翻译中的功能对等原则，旨在揭示出源语语篇中主位结构是源语语篇意义的有机组成部分，在翻译中忽视或随意改变源语语篇的主位结构会导致源语语篇的意义的缺失，从而损害源语语篇的艺术价值。

1　Baker, M. *In Other Words: A Coursebook on Translation*. London & New York: Routledge, 1992, p. 121.

主位结构观照下的翻译策略认为，在不违背目的语语篇规律的基础上，译者应尽量保留原文的主位结构，以便准确忠实地传达原文的意思。当由于源语与译语语言句式、语法、表达习惯等的差异，无法完整保留原文的主位结构时，译者应具体问题具体分析，适时地部分调整或完全改变主位结构。

3

信息结构
与
唐诗翻译

3.0 引言

马泰休斯提出的实义切分理论（Actual Division of the Sentence）认为，句子通常分为两个表意部分——主位和述位。主位是句子叙述的出发点和对象，表示已知的信息；述位是表述的核心，说明对象，表示新的信息。交际过程大多是由已知信息向新信息的扩展，这样就形成主位在前、述位在后的线性结构。实义切分法的目的在于：按照句子的交际功能来分析句子的结构，分析句子的结构如何表达句子所要传递的信息，研究句子中不同的成分在言语交际中所起的作用。按照马泰休斯的观点，每个句子都有自己的主位结构，当某个句子单独存在时，它的主位和述位是已确定的、不再变化的；但当语篇由两个或两个以上的句子构成时，前后句子的主位和主位、述位和述位、主位和述位之间就会发生联系和变化。

针对语篇主位结构的这种联系和变化，丹尼斯（F. Daneš）发表文章《论语篇结构的语言学分析》（*On Linguistic Analysis of Text Structure*, 1969）。该文章指出，从句子成分的叙述价值看，述位起着重要的作用，因为它传达新信息。但是，从语篇结构来看，重要的还是主位。主位担负着少量的信息负荷，这就使它成为语篇的重要构造手段。因此，每个语篇都可以看作一个主位的序列。语篇真正的主位结构是指主位的衔接和连贯，它们的相互关系和领属层次，以及与段落、整个语篇和情景的关系。这时的主位结构已经不再是单纯的主位在前、述位在后的线性结构,而是体现语篇结构的框架、预示语篇内容的发展方向的立体结构。丹尼斯把语篇中这些复杂的主位关系称为"主位推进"(thematic progression)[1]。

语篇语言学认为,主位推进模式是组织信息、实现语言的语篇功能的一种重要手段。主位推进是建筑在已知信息同新信息相互作用的基础之上的。语篇语言学探索在更大的语篇单位中进行实义切分的问题。语篇中由主位推进所体现的主位——信息结构,关注语言使用者组织信息的出发点,并对语篇的衔接及其意义生成"发挥着指向和助使作用"[2],从而对构建语篇意义起着重要作用。关于主位结构与信息结构的关系,胡壮麟、朱永生认为,"研究主位结构的意义在于了解和掌握有关中心内容的信息在语篇中的分布情况"[3]。

---

[1] 黄国文,《语篇分析概要》,长沙:湖南教育出版社,1988年,第80页。

[2] Halliday, M. A. K. *An Introduction to Functional Grammar*. Beijing: Foreign Language Teaching and Research Press, 2000, pp. 42-59.

[3] 胡壮麟、朱永生、张德录,《系统功能语法概论》,长沙:湖南教育出版社,1989年,第142页。

3.1 信息结构与语篇翻译

信息指的是发话人传递给受话人的音信的内容[1]。信息是信息理论研究的对象。布拉格学派最先把信息理论运用到语言学研究领域。语言学所说的信息也同消息内容有关，但总是把研究范围限定在以语言符号为载体的范围内，所以语言学所说的信息指的是以语言为载体所传输出的消息内容，又称话语信息。话语信息可以分为三个子系统：语义信息、语法信息、语用信息。语义信息让人们知道消息内容通过语言符号的载体指称了世界事物中的什么；语法信息让人们知道消息内容所指称的事物通过语言符号的中介相互建立了什么关系；语用信息让人们知道消息内容所指称的事物以语言符号为中介对交际过程、交际者有什么价值。显而易见，对语言功能的研究首先关心的是语用信息[2]。

马泰休斯等人从句子功能的角度出发，对称为"交际动态论"（communicative dynamism）的信息结构进行了初步的探讨。20世纪60年代后期，韩礼德把信息理论运用于语篇功能和语篇结构的研究，引起了语言学界的广泛关注。具体来说，信息结构就是把语言组织成"信息单位"（information unit）的结构。信息单位是信息交流的基本成分。而信息交流就是言语活动过程中已知内容与新内容之间的相互作

---

1 胡壮麟、朱永生、张德禄，《系统功能语法概论》，长沙：湖南教育出版社，1989年版，第143页。

2 徐盛桓，《信息状态研究》，载《现代外语》1996年第2期，第5-12页。

用。已知内容指的是言语活动中已经出现过的，或者根据语境可以断定的成分，称为"已知信息"。新内容指的是言语活动中尚未出现，或者是根据语境难以断定的成分，称为"新信息"。韩礼德认为，信息是由新旧交替而产生的。话语是一个完整的语义单位。说话者把他的言语组织成信息单位。每个信息单位是由已知信息（given information）和新信息（new information）组织而成的。也就是说，已知信息就是受话人已知道的信息，或根据语境可以断定的成分；新信息就是受话人还不知道的信息，或根据语境难以断定的成分。一般来说，新旧信息在信息结构的位置是已知信息在前，新信息在后[1]。切弗（W. Chafe）从心理学的角度界定了新旧信息："已知信息（或旧信息）就是发话人认定（假定）在他发话时存在于受话人意识中的信息。所谓新信息就是发话人认定（假定）他在发话时正在传输到发话人意识中去的信息。"[2] 张今、张克定从言语交际的角度把新旧信息定义为："已知（旧）信息就是发话人认定或假定在他发话时存在于受话人意识中的信息，包括由这种信息可以联想到的相关信息。未知（新）信息则是发话人在发话时想要输送到受话人意识中的信息。"[3] 他们在此基础上提出了新的六大类十种主位推进模式，为语篇语言学研究提供了新的途径和视角，也为语篇翻译研究提供了新的参考。

张今、张克定对英汉语信息结构进行了对比研究。他们认为，在信息结构的基本模式方面，英汉语完全相同；在聚焦手段的类型方面，

---

1 Halliday, M. A. K. *An Introduction to Functional Grammar*. Beijing: Foreign Language Teaching and Research Press, 2000.

2 Chafe, W. "Givenness, Contrastiveness, Definiteness, Subjects, Topics, and Point of View", *Subject and Topic*, New York: Academic Press, 1976, pp. 25-55.

3 张今、张克定，《英汉信息结构对比研究》，开封：河南大学出版社，1998年，第7页。

英汉语完全相同；在四类聚焦手段的使用频率方面，英汉语差异很大；在主位提示手段的类型方面，英汉语基本相同；在主述位相互推进的模式方面，英汉语完全相同；在语篇微观信息结构方面，英汉语没有多大差异。英汉语篇信息结构的差异主要在于语篇的宏观信息结构方面。因此，英汉语信息结构的差异集中表现在英汉语聚焦手段的使用频率上[1]。

2006 年，郭纯洁出版专著《英汉语篇信息结构的认知对比研究》，系统总结了近年来对英汉语篇信息结构研究的主要成果。通过对英汉语篇信息结构的比较分析研究，他提出，人们所具有的不同的文化背景、知识结构和环境因素影响着语篇的宏观信息结构。总体上说，在宏观信息结构上，英汉语篇之间的相似性大于差异性。语篇信息的生成具有规律性，在一定程度上可以用认知语言学中的图形／背景理论、框架／注意理论和范畴化观点进行解释。英汉语篇的信息结构无论在宏观上还是在微观上都有一定的规律性，是可以预测和模仿的；人们对事物的语言描写有着特定的内容和顺序，描述同一对象的语篇有着典型的语篇信息结构模式[2]。

胡壮麟等深入研究了主位结构和信息结构的区别和联系。他们关于主位结构和信息结构的观点如下：（1）信息结构不受小句的限制，信息单位和小句之间不存在固定的对应关系，但主位总是作为小句的一个组成部分出现；（2）信息结构的体现形式是语调，语调曲线上处于最高位置的是信息中心即新信息，而主位结构的体现形式是小句中各个成分的线形排列；（3）信息结构中，已知信息一般先于新信息，但也有

---

[1] 张今、张克定，《英汉信息结构对比研究》，开封：河南大学出版社，1998 年，第 41 页。

[2] 郭纯洁，《英汉语篇信息结构的认知对比研究》，南京：南京大学出版社，2006 年，第 1-6 页。

例外，而在主位结构中，主位总是先于述位，述位先于主位的模式是不存在的；（4）新信息不能省略，已知信息必要时可省略；（5）已知信息/新信息以受话人为准，而主位—述位则以发话人为准；（6）信息结构与言语活动上文的关系十分密切，离开上文，很难说有什么新旧信息，但如何切分主位—述位与上文关系并不紧密，因为主位结构是小句内部组织的信息结构[1]。

赵陵生认为，从信息角度分析，构成句子的各成分都是某种信息的载体，但它们负载的信息量并不相同。在一个不扩展的简单句中，必定有一个或几个成分是该句所要传递的中心信息，或叫句子的语义重点。语言学家和心理学家发现，人们传递信息的自然顺序是从已知信息到新信息，因此，按照常规，主位处于句子的前部，述位处于句尾，于是就自然形成所谓的句尾焦点[2]。关于主位结构与信息结构的关系，俄罗斯语言学家认为，主位（1）是表述的出发点，是用于表达实义切分的起点；（2）是报道的对象；（3）在实义信息上其重要性比述位小；（4）在上下文或语境中是旧知或已知，是已知的载体，连接上下文的要素。述位（1）是对主位的描述或说明；（2）是报道的核心，表述的主要内容；（3）在实义信息上其重要性比主位大；（4）在上下文或语境中是新知、未知[3]。

主位结构与信息结构关系紧密。主位所负载的往往是已知信息。但值得注意的是，主位结构与信息结构并不是一一对应的。主位与已知信

---

[1] 胡壮麟、朱永生、张德禄等，《系统功能语言学概论》，北京：北京大学出版社，2005年，第176页。

[2] 赵陵生，《表达句子中心信息的手段——俄、汉词序比较》，载《外语教学与研究》1985年第3期，第41-44页。

[3] 吴贻翼、雷秀英、王辛夷等，《现代俄语语篇语法学》，北京：商务印书馆，2003年，第29页。

息、述位与新信息会发生错位。这时，主位不由已知信息表示，而由新信息表示；述位则由已知信息表示，或在述位中包含已知信息。而且，不同的语言之间，主位信息的负载也有别。句子的中心信息（述位）在一种语言中可以借助一种手段表达出来，而在另一种语言中则使用另一种手段表达出来。

我们认为，从已知信息到新信息的规律具有普遍性，句尾焦点的现象存在于不同语言之中。由于主位常是陈述对象，因而表示对象的词类（如名词）的典型功能就是充当句子的主位，而表示特征的词类（如动词）的典型功能就是充当句子的述位。所以 SV 或 SVO 的结构就是汉英俄三种语言的典型结构，因为这种结构是反映客观现实的典型模式。又因为句子在连贯话语中受前文的制约，说话者为顺利实现交际目的常需调整句子成分，以使中心信息处于句子的尾部。相较而言，汉语有一种强烈的已知信息提前、未知信息置于句末的趋势。一般而言，汉语倾向于遵循末尾中心原则。英语小句的组织受末尾重量和末尾中心两大原则的共同作用，有冲突时末尾重量原则优先。英语小句首先满足末尾重量，其次再满足末尾中心。而俄语是典型的屈折语，这一点在俄语里只要改变句子成分的顺序就可以做到，于是在俄语中由于词序的变化就会形成许多交际类型。因此，在俄语的书面语中，词序乃是表达句子实义切分的最主要手段。

主位信息结构理论是语篇功能研究中的一项重要内容。其研究对语篇翻译具有重要的指导作用。早在 1997 年，潘锡清就发文《信息结构、主位结构与英汉翻译》，从信息结构和主位结构两个方面对英汉翻译活动中的"信、达、雅"做出具体细致的讨论。作者认为，在翻译中，不仅要遵循信息核心原则，还要注意主位结构，才能最大限度地翻译语言中的概念、人际和语篇三意义，以做到译文的忠实和通顺，同时拿出读者乐于接受的译文。次年，张春柏在《信息分布与翻译》一文中从信息分布的角度讨论英汉、汉英翻译。作者认为，句子的结构往往取决于句子中的信息分布。已知信息通常作为主题放在句首，新的信息则作为述题放在后面；而已知信息和新的信息的排列则往往取决于某种心理上的"预设"，如语境预设、情景预设或文化预设。这些预设在翻译（尤其是汉译英）的过程中起着很重要的作用。余东、刘士聪在《论文学翻译中的信息转换》（2004）一文中对文学翻译中的信息转换进行了探讨。作者认为，英汉语言在信息的结构、类别、审美效果以及信息状况等方面都有相当的差异，翻译不但需要保留原有信息量，还需要根据英汉语言各自的信息特征来适当调整信息结构。陈海涛、尹富林在《语篇信息结构认知对英汉翻译的影响》（2007）一文中，运用信息结构理论研究了不同英语水平的受试对英汉语篇信息结构的认知对翻译的影响。研究认为，在英汉双语转换中，主位推进模式的变化不因译者外语水平的高低而产生巨大影响，只是在个体方面呈现出一定差异。也就是说，英汉语篇信息结构的差异对具有一定英汉语水平的学习者已不是主要障碍，他们更应该关注的是思维方式的培养。杨翔茹在《论英汉主位及信息结构异同对英译的影响》（2012）一文中探究英汉语在体现语篇意义的主位结构和信息结构上的异同以及这些异同对英译过程的影响。作者从英汉主位信息负载和英汉小句信息组织两个角度对英汉信息结构异同进行了对比。国内俄语学界关于信息结构与语篇翻译的研究较少。赵陵生在《表达句子中心信息的手段——俄、汉词序比较》一文中指出，句子的中心信息（述位）在一种语言中可以借助一种手段表达出来，而在另一种语言中可以借助另一种手段表达出来。因此，在翻译时重要的是正确判定原句的中心信息，然后在译文中把它正确表达出来，而表达中心信息的手段可以相同，也可以不同。

3.1.1 源语与英译的信息结构对比分析

按照张今、张克定从言语交际的角度对新旧信息的界定:"已知(旧)信息就是发话人认定或假定在他发话时存在于受话人意识中的信息,包括由这种信息可以联想到的相关信息。未知(新)信息则是发话人在发话时想要输送到受话人意识中的信息。"[1] 按照这一理论,我们以《送友人》为例,对原诗及其英译的信息结构进行对比分析。

(1) <u>青山(主位)</u>　　<u>横北郭(述位)</u>,
　　　新信息

(2) <u>白水(主位)</u>　　<u>绕东城(述位)</u>。
　　　新信息

(3) <u>此地(主位)</u>　　<u>一为别(述位)</u>,
　　已知信息　　　　　新信息

(4) <u>孤蓬(主位)</u>　　<u>万里征(述位)</u>。
　　　新信息

(5) <u>浮云(主位)</u>　　<u>游子意(述位)</u>,
　　　新信息　　　　　已知信息

(6) <u>落日(落日)</u>　　<u>故人情(述位)</u>。
　　　新信息　　　　　已知信息

(7) <u>(主位省略)挥手自兹去(述位)</u>,
　　　　　　　新信息

(8) <u>萧萧(主位)</u>　　<u>班马鸣(述位)</u>。
　　　新信息

---

1 张今、张克定,《英汉信息结构对比研究》,开封:河南大学出版社,1998年,第7页。

从对诗歌原文的分析可见，诗歌中的主述位结构的划分并没有按照马泰休斯的观点呈现，即主位是句子叙述的出发点和对象，表示已知的信息；述位是表述的核心，说明对象，表示新的信息。原文语篇中，主位与述位同为新信息的现象很常见，如原诗第（1）、（2）、（4）、（7）、（8）句。主位为新信息、述位为旧信息的现象也存在，如原诗第（5）、（6）句。只有第（3）句符合主位表示已知信息、述位表示新信息的观点。具体的分析中，我们还发现，主位由已知信息表示、述位由新信息表示的句子通常有一定的上下文，或者是语境。也就是说，主位由已知信息来表示是以上下文和特定的语境为条件的。诗歌本身是叙事的，短小精悍的诗歌语言描述的是一个完整的事件。人物、地点、事件齐备，叙述情景交融。由于上下文的缺失，诗歌传达的大部分是新信息。这与小说等文学语篇是不能等同的。

我们对原诗和庞德译诗的信息结构进行对比分析：

（1）<u>青山（主位）　　横北郭（述位）</u>，
　　　　　　　　　新信息

庞德译：<u>Blue mountains/to the north of wall</u>
　　　　　　　　　新信息

（2）<u>白水（主位）　　绕东城（述位）</u>。
　　　　　　　　　新信息

庞德译：<u>White river/winding about them</u>
　　　　　　　　　新信息

（3）<u>此地（主位）　　一为别（述位）</u>，
　　　已知信息　　　　新信息

庞德译：<u>Here/we must make separation</u>
　　　已知信息　　　　新信息

（4）孤蓬（主位）　　万里征（述位）。
　　　　　　　　　　　新信息

庞德译：And/go out through a thousand miles of dead grass.
　　　衔接作用　　　　　　　　　新信息

（5）浮云（主位）　　游子意（述位），
　　　新信息　　　　　　已知信息

庞德译：Mind/like a floating wide cloud.
　　　已知信息　　　　　　新信息

（6）落日（落日）　　故人情（述位）。
　　　新信息　　　　　　已知信息

庞德译：Sunset/like the parting of old acquaintances
　　　新信息　　　　　　已知信息

（7）（主位省略）挥手自兹去（述位），
　　　　　　　　　　　新信息

庞德译：Who/bow over their clasped hands at a distance.
　　　已知信息　　　　　　　　新信息

（8）萧萧（主位）班马鸣（述位）。
　　　　　　　　新信息

庞德译：Our horses/neigh to each other as we are departing.
　　　新信息　　　　　　新信息 + 已知信息

从原文与译文的比较可以发现，译文与原文的信息结构大同小异。相同之处在于：在原文与译文语篇中，主位与述位同为新信息的有第（1）、（2）句；原文与译文主位为新信息，述位为旧信息的有第（6）句；第（3）句的原文与译文符合实义切分理论的观点。不同之处在于：第（5）句的信息结构错位，这是由主位结构错位造成的；第（7）、（8）两句的原文与译文的信息结构不同，原文主述位结构均为新信息，译文第（7）句的主位为已知信息，译文第（8）句的述位部分为已知信息。可见，就出现顺序而言，已知信息既可以在新信息之前出现，也可以在新信息之后出现。这一点与实义切分理论的观点相悖，即主位必须先于述位。我们认为，在缺乏上下文和特定语境的诗歌语篇中，语篇信息还可以由词序、衔接关系来表示，这是因为主位的切分离不开句子成分的先后顺序，信息结构的划分则可以由词序和衔接方式来决定。

关于主位结构与信息结构的关系，徐盛桓认为：无论主位还是述位，其信息的性质不是固定在已知、未知（新）这两极之上，而是呈现一种复杂的情况。他提出："作为主位的信息，可能有五种情况：（1）已知信息；（2）部分已知信息；（3）相关信息；（4）新信息；（5）引导作用。"[1] 从徐盛桓对主位信息结构的分类可见，主位可能只有引导作用而不表示任何信息，主位表示信息有四种可能性。朱永生认为，主位信息的分布有四种可能性：（1）主位不表示信息；（2）主位表示已知信息；（3）主位表示新信息；（4）主位表示已知信息＋新信息[2]。通过对比可以发现，当主位表示信息时，朱永生的分类不包含徐盛桓提出的相关信息。在以上学者关于主位信息分类的基础上，我们分析了《送友人》庞德译文的主述位信息。如表 3-1 和表 3-2 所示：

---

[1] 徐盛桓，《再论主位和述位》，载《外语教学与研究》1985年第4期，第19-25页。
[2] 朱永生，《主位与信息分布》，载《外语教学与研究》1990年第4期，第23-27页。

表 3-1　《送友人》译文的主位信息分布

信息类型	示例
已知信息	Here（已知信息）/we must make separation
新信息	Blue mountains（新信息）/to the north of wall
衔接作用	And（衔接作用）/go out through a thousand miles of dead grass.

表 3-2　《送友人》译文的述位信息分布

信息类型	示例
已知信息	Sunset/like the parting of old acquaintances（已知信息）
新信息	Blue mountains/to the north of wall（新信息）
新信息 + 已知信息	Our horses/neigh to each other as we are departing.（新信息 + 已知信息）

不同于徐盛桓和朱永生的分类，我们在诗歌的主位信息分布中有了以下发现：（1）主位表示已知信息；（2）主位表示新信息；（3）主位起衔接作用。在述位信息分布中有了以下发现：（1）述位表示已知信息；（2）述位表示新信息；（3）述位表示新信息 + 已知信息。

我们认为，信息分为已知信息和新信息两种，这是毋庸置疑的。但就主位结构和信息结构的关系而言，主位并不等同于已知信息，述位也不一定就是新信息。在诗歌语篇的分析中，我们还发现，主位可以只起衔接的作用，而不表示任何信息。此外，诗歌语篇中主位大多表示新信息，这是由诗歌语篇的语言特点决定的，即诗歌语篇中上下文和语境的缺失，而上下文和语境是语篇已知信息和新信息的重要判断依据。

3.1.2 信息结构英译策略

从《送友人》原文与译文的比较可以发现，译文与原文主述位信息分布既有相同之处，也有相异之处。原文与译文主述位信息的同与异决定译者在翻译时采用不同的翻译策略。

从上面的对比分析我们可以看出，源语语篇与译语语篇的信息结构转换分为三种类型：（1）完全对等；（2）不完全对等；（3）不对等。据此，我们把信息结构英译策略分为三类：（1）沿袭原文的信息结构；（2）部分调整原文信息结构；（3）改变原文信息结构。以庞德译《送友人》为例：

（1）青山（主位）　　横北郭（述位），
　　　　　　　　　新信息

庞德译：Blue mountains/to the north of wall
　　　　　　　　　新信息

（2）白水（主位）　　绕东城（述位）。
　　　　　　　　　新信息

庞德译：White river/winding about them
　　　　　　　　　新信息

（3）此地（主位）　　一为别（述位），
　　已知信息　　　　新信息

庞德译：Here/we must make separation
　　已知信息　　　　新信息

（4）孤蓬（主位）　　万里征（述位）。
　　　　　　　　　新信息

庞德译：And/go out through a thousand miles of dead grass.
　　衔接作用　　　　　　　　　新信息

（5）浮云（主位）　　游子意（述位），
　　新信息　　　　　已知信息

庞德译：Mind/like a floating wide cloud.

　　　　已知信息　　　　　新信息

（6）<u>落日（主位）</u>　<u>故人情（述位）</u>。

　　　　新信息　　　　　已知信息

庞德译：Sunset/like the parting of old acquaintances

　　　　新信息　　　　　已知信息

（7）<u>（主位省略）挥手自兹去（述位）</u>，

　　　　　　　　新信息

庞德译：Who//bow over their clasped hands at a distance.

　　　　已知信息　　　　　　新信息

（8）<u>萧萧（主位）班马鸣（述位）</u>。

　　　　　　新信息

庞德译：Our horses/neigh to each other as we are departing.

　　　　新信息　　　　　　新信息＋已知信息

第一，沿袭原文的信息结构。

沿袭原文的信息结构有利于实现源语语篇和译语语篇在信息结构的转换上达到意义的完全对等，实现篇章的连贯，更好地传达作者的交际意图。例如，庞德译文第（1）、（2）句"Blue mountains/to the north of wall""White river/winding about them"的主述位结构均表示新信息，这与源语语篇第（1）、（2）句的信息结构完全一致。

第二，部分调整原文信息结构。

英语与汉语在词序和衔接上存在差异，因此，为了保证译文的通顺与连贯，译者需要部分调整译文的信息结构，使源语语篇和译语语篇在信息结构的转换上达到形式或者意义的部分对等。例如第（4）句

"孤蓬（主位）万里征（述位）"主述位结构都表示新信息。庞德译文"And/go out through a thousand miles of dead grass."采用"衔接作用+新信息"的译法。第（7）句"（主位省略）挥手自兹去（述位）"主述位结构都表示新信息。庞德译文"Who//bow over their clasped hands at a distance."采用了"已知信息+新信息"的译法。这些部分调整原文信息结构的翻译策略是由英语重衔接的语言特点所决定的。对这种主述位信息结构的处理方法体现了译者在翻译过程中对译入语读者的关照，这有利于译文在不懂中文的读者群体中的传播。

第三，改变原文信息结构。

改变原文信息结构指的是源语语篇和译语语篇的信息结构完全不对等。例如，原文第（5）句"浮云（主位）游子意（述位）"的主述位信息结构为"新信息+已知信息"，但译文"Mind/like a floating wide cloud."的主述位信息结构为"已知信息+新信息"。译文完全改变了原文主述位信息结构。这表明，译者在翻译的时候采用了改变原文主述位信息结构的翻译策略。

主述位信息结构观照下的翻译策略认为，是否保留原文的主述位信息结构，取决于能否准确忠实地传达原文的意思。由于英汉两种语言在词序和衔接手段方面的差异，译文往往无法完整保留原文的主述位信息结构。这时译者应根据信息中心的原则，适时地部分调整或完全改变主述位信息结构来传达原文的信息中心。

3.1.3 源语与俄译的信息结构对比分析

我们对《送友人》原诗和阿理克译诗的信息结构进行对比分析：

（1）青山（主位）　　横北郭（述位），

新信息

阿理克译：Зеленые горы/торчат над северной частью,

　　　　　　　　　新信息

（2）白水（主位）　　绕东城（述位）。

　　　　　　　　　新信息

阿理克译：А белые воды/кружат возле восточных стен.

　　　　　　　　　新信息

（3）此地（主位）　　一为别（述位），

　　已知信息　　　　新信息

阿理克译：На этой земле/мы как только с тобою простимся,

　　已知信息　　　　　　新信息

（4）孤蓬（主位）　　万里征（述位）。

　　　　　　　　　新信息

阿理克译：Пырей - сирота/ты - за тысячи верст.

　　新信息　　　　已知信息 + 新信息

（5）浮云（主位）　　游子意（述位），

　　新信息　　　　已知信息

阿理克译：Плывущие тучи/ - вот твои мысли бродят.

　　新信息　　　衔接成分 + 已知信息 + 新信息

（6）落日（主位）　　故人情（述位）。

　　新信息　　　　已知信息

阿理克译：Вечернее солнце/ - вот тебе друга душа.

　　新信息　　　衔接成分 + 已知信息 + 新信息

（7）（主位省略）挥手自兹去（述位），

　　　　　　　　　新信息

阿理克译：<u>Махнешь мне рукою</u>/ - отсюда сейчас уйдешь ты,

　　　　　新信息 + 已知信息　　　　已知信息 + 新信息 + 已知信息

（8）萧萧（主位）　　班马鸣（述位）。

　　　　　　　　　新信息

阿理克译：<u>И грустно, протяжно заржет разлученный конь.</u>

　　　　　　　　　新信息

从原文与译文的比较发现，主位传达新信息仍然是源语语篇与译语语篇的共同特点。译文第（1）、（2）、（3）、（8）句的主述位信息结构与原文完全一致。相异之处在于：译文的述位常出现已知信息和新信息的组合，如第（4）、（5）、（6）、（7）句；主位也会出现已知信息和新信息的组合，如第（7）句。就出现顺序而言，新信息往往在已知信息之前出现是源语语篇和译语语篇的共同特征。

我们分析了《送友人》俄译文的主述位信息。如表3-3、表3-4所示：

表3-3　《送友人》俄译文的主位信息分布

信息类型	示例
已知信息	На этой земле（已知信息）/мы как только с тобою простимся,
新信息	Зеленые горы（新信息）/торчат над северной частью,
已知信息 + 新信息	Махнешь мне рукою（已知信息 + 新信息）/ - отсюда сейчас уйдешь ты,

表3-4　《送友人》俄译文的述位信息分布

信息类型	示例
新信息	А белые воды/кружат возле восточных стен.（已知信息）

续表 3-4

信息类型	示例
已知信息 + 新信息	Пырей - сирота/ты - за тысячи верст.（已知信息 + 新信息）
衔接成分 + 已知信息 + 新信息	Плывущие тучи/ - вот твои мысли бродят.（衔接成分 + 已知信息 + 新信息）
已知信息 + 新信息 + 已知信息	Махнешь мне рукою/ - отсюда сейчас уйдешь ты,（已知信息 + 新信息 + 已知信息）

我们在诗歌俄译的主位信息分布中有了以下发现：（1）主位表示已知信息；（2）主位表示新信息；（3）主位表示已知信息 + 新信息。述位信息分布中有了以下发现：（1）述位表示新信息；（2）述位表示已知信息 + 新信息；（3）述位表示衔接成分 + 已知信息 + 新信息；（4）述位表示已知信息 + 新信息 + 已知信息。

俄译主述位信息结构与英译主述位信息结构的相异再次证明：就主位结构和信息结构的关系而言，主位并不等同于已知信息，述位也不一定就是新信息。在诗歌俄译的分析中，我们还发现述位结构具有多样性。与英语译文相同，俄译语篇中主位大多表示新信息，这是由诗歌语篇的语言特点决定的，即诗歌语篇中上下文和语境的缺失，而上下文和语境是语篇已知信息和新信息的重要判断依据。

3.1.4 信息结构俄译策略

从对《送友人》原文与俄译文的比较发现，源语语篇与译语语篇的信息结构转换同样分为三种类型：（1）完全对等；（2）不完全对等；（3）不对等。据此，我们把信息结构俄译策略分为两类：（1）沿袭原文的信息结构；（2）部分调整原文信息结构。以阿理克译《送友人》

为例：

(1) 青山（主位）　　横北郭（述位），
　　　　　　　　　新信息

阿理克译：Зеленые горы/торчат над северной частью,
　　　　　　　　　　　　　新信息

(2) 白水（主位）　　绕东城（述位）。
　　　　　　　　　新信息

阿理克译：А белые воды/кружат возле восточных стен.
　　　　　　　　　　　　　新信息

(3) 此地（主位）　　一为别（述位），
　　已知信息　　　　新信息

阿理克译：На этой земле/мы как только с тобою простимся,
　　　　　　已知信息　　　　　　　　新信息

(4) 孤蓬（主位）　　万里征（述位）。
　　　　　　　　　新信息

阿理克译：Пырей - сирота/ты - за тысячи верст.
　　　　　　新信息　　　　已知信息 + 新信息

(5) 浮云（主位）　　游子意（述位），
　　　　　　　　　新信息　　　　已知信息

阿理克译：Плывущие тучи/ - вот твои мысли бродят.
　　　　　　新信息　　　衔接成分 + 已知信息 + 新信息

(6) 落日（主位）　　故人情（述位）。
　　　　　　　　　新信息　　　　已知信息

阿理克译：Вечернее солнце/ - вот тебе друга душа.
　　　　　　新信息　　　衔接成分 + 已知信息 + 新信息

(7)（主位省略）挥手自兹去（述位），

　　　　　　　　　新信息

阿理克译：Махнешь мне рукою/ - отсюда сейчас уйдешь ты,

　　　　　新信息＋已知信息　　已知信息＋新信息＋已知信息

(8) 萧萧（主位）班马鸣（述位）。

　　　　　　　新信息

阿理克译：И грустно, протяжно заржет разлученный конь.

　　　　　　　　　　新信息

第一，沿袭原文的信息结构。

沿袭原文的信息结构有利于使源语语篇和译语语篇在信息结构的转换上达到意义的完全对等，实现篇章的连贯，更好地传达作者的交际意图。沿袭原文的信息结构是阿理克译文的首选策略。译文第（1）、（2）、（3）、（8）句的主述位信息结构与原文完全一致。

第二，部分调整原文信息结构。

俄语与汉语在词序和衔接上同样存在差异，因此，为了保证译文的通顺与连贯，译者需要部分调整译文的信息结构，使源语语篇和译语语篇在信息结构的转换上达到形式或者意义的部分对等。俄译部分调整原文信息结构的策略主要表现在对述位信息结构的转换上。如第（5）、（6）句的译文均采用"衔接成分＋已知信息＋新信息"的信息结构来转换原诗述位的已知信息。第（7）句的译文采用"已知信息＋新信息＋已知信息"的信息结构来转换原诗述位的新信息。第（7）句的译文还采用"新信息＋已知信息"的信息结构来转换原诗主位的新信息。这种主述位信息结构的处理方法体现了译者在翻译过程中对译入语读者的关照，这有利于译文在不通中文的普通读者中的流传。

此外，在阿理克译文中未发现完全改变原文信息结构的译法，这有待于在更大的语篇范围内进行验证。

主述位信息结构观照下的翻译策略认为，是否保留原文的主述位信息结构，取决于译文能否准确忠实地传达原文的意思。由于俄汉两种语言在词序和衔接手段方面的差异，往往无法完整保留原文的主述位信息结构。这时译者应根据信息中心的原则，适时地部分调整或完全改变信息结构来传达原文的信息中心。

3.2 主位推进模式与语篇翻译

自丹尼斯以来,语言学家们通过认真仔细的研究,总结出语篇主位推进的基本模式,这些模式被称为主位推进模式(patterns of thematic progression)。朱永生阐述了主位推进模式研究的三个方面:反映单个语篇中话题发展的方式以及语篇的不同组成部分如何在语义和逻辑上相互联系;属于同一体裁的语篇在主位推进方面有哪些相似之处;不同体裁的语篇在主位推进模式的选择上有哪些差别,或者说体裁如何影响语篇对主位推进模式的采用[1]。

丹尼斯认为,主位推进有五种方式:线性推进、恒定主位推进、衍生主位推进、述位分叉式展开和非连续性主位推进。线性推进是指主位向述位进行有规律的推进,即第一个小句的述位成为第二个小句的主位,该主位引出的述位又成为第三个小句的主位,依此类推。而当一系列陈述句的主位指向同一概念时,就出现了恒定主位推进。该模式将一组连接松散的表述整合成彼此关联的整体。衍生主位推进同恒定主位推进类似,但其恒定成分没有明确给出,其元主位(meta-theme)要么在前面的叙述中已给出,要么必须从所叙述的次主位的共同成分中推衍出来。如,说"第一排是大写字母,第二排是小写字母,第三排是数字,第四排是符号"时,就隐含了"四排"这个元主位。述位分叉式展开是

---

[1] 朱永生,《主位推进模式与语篇分析》,载《外语教学与研究》1995 年第 3 期,第 6-12 页。

指单一的主位引出两个具有对比特征的述位,而这两个述位又成为后续一个或多个陈述的主位。非连续性主位推进,是因陈述的需要而被其他主位结构暂时阻断,直到下文中有必要时才被重新提起。它是线性推进模式的变体[1]。

1973年,索尔加尼克的专著《语篇修辞》(«Синтаксическая стилистика»)出版,在书中从逻辑学的角度分析连贯话语,并将连贯话语分为两种基本交际结构:链式联系和平行联系。链式联系是由链式连接关系组合成的连贯话语,即第一个句子的述位扩展为第二个句子的主位,而第二个句子的述位又扩展为第三个句子的主位,以此类推。而平行联系是由平行连接关系组合成的连续性话语,其中各个语句处于同等并列的地位,分别叙述客观存在的事物或现象,每个语句都是主位在前、述位在后。平行式结构有并列平行式、主位平行式(相同的主位由不同的述位说明)和述位平行式(相同的述位说明不同的主位)三种形式[2]。

1982年,徐盛桓在分析英语句子组合中各个句子的主位、述位彼此联系、照应、衔接和过渡时,提出了句子组合的4种发展模式:平行性的发展、延续性的发展、集中性的发展,以及交叉性的发展[3]。

第一类是"平行性的发展",即以第一句的主位为出发点,以后各句均以此句主位为主位,分别引出不同的述位,从不同的角度阐明这个主位。

---

1 Papegaaij, B. & Schubert, K. *Text Coherence in Translation*. Dordrecht: Foris Publications, 1988, pp. 94-96.

2 Солганик Г. Я. Синтаксическая стилистика. М.: ЛКИ, 1973/2007, С. 50-52.

3 徐盛桓,《主位和述位》,载《外语教学与研究》1982年第1期,第1-9页。

$$A \leftarrow B$$
$$A \leftarrow C$$
$$A \leftarrow D$$
$$A \leftarrow ...$$

第二类是"延续性的发展",指的是前一句的述位(B)或述位的一部分(B1)作为后一句的主位,而用一个新的信息做述位,阐明这个主位,如此延续下去,带出新信息,推动思想内容的表达。

$$T—R$$
$$T—R$$

第三类是"集中性的发展",即第一句的主位、述位作了基本叙述以后,第二、第三、……句分别以新的主位开始,但都用第一句的述位,亦即各句不同的出发点都集中归结为同一种情况或状态。

$$A \searrow$$
$$B \rightarrow Z$$
$$... \nearrow$$

第四类是"交叉性的发展",即第一句的主位成为第二句的述位;第二句的主位又成为第三句的述位;第三句的主位又成为第四句的述位,如此交叉发展下去。

$$A \leftarrow B$$
$$C \leftarrow A$$
$$D \leftarrow C$$

1985年,黄衍经过对英语话语结构的充分探讨,提出了7种主位推进模式[1]。

---

[1] 黄衍,《试论英语的主位和述位》,载《外国语(上海外国语学院学报)》1985年第5期,第32-36页。

模式 I：各句均以第一句的主位（T1）为主位，引出不同的述位，从不同的角度对同一个主位（T1）加以揭示、阐发。

$$T_1—R_1$$
$$T_2（=R_1）—R_2$$
$$\ldots$$
$$T_n（=T_1）—R_n$$

模式 II：前一句的述位成为后一句的主位，主位又引出新的述位，该述位又成为下一句的主位，如此延续下去。

$$T_1—R_1$$
$$T_2（=R_1）—R_2$$
$$\ldots$$
$$T_n（=R_{n-1}）—R_n$$

模式 III：各句均以第一句的述位（R_1）为述位，各句不同的主位都归结为同一个述位（R_1）。

$$T_1—R_1$$
$$T_2—R_2（=R_1）$$
$$\ldots$$
$$T_n—R_n（=R_1）$$

模式 IV：第一句的主位成为第二句的述位，第二句的主位成为第三句的述位，第三句的主位又成为第四句的述位，依次类推。

$$T_1—R_1$$
$$T_2—R_2（=T_1）$$
$$\ldots$$
$$T_n—R_n（=T_{n-1}）$$

模式 V：第一、三、五、……句的主位相同，第二、四、六、……

句的主位相同。

$$T_1 — R_1$$
$$T_2 — R_2 (=R_1)$$
$$T_3 (=T_1) — R_3$$
$$T_4 (=T_2) — R_4$$
$$\dots$$
$$T_n (=T_1) — R_n$$
$$T_m (=T_2) — R_m$$

模式Ⅵ：第一句的述位（R_1）成为以后各句的主位。

$$T_1 — R_1$$
$$T_2 (=R_1) — R_2$$
$$\dots$$
$$T_n (=R_1) — R_n$$

模式Ⅶ：各句的主位/述位无明显联系。模式Ⅶ可用下式表示。

$$T_1 — R_1$$
$$T_2 — R_2$$
$$\dots$$
$$T_n — R_n$$

1995年，朱永生在《主位推进模式与语篇分析》一文中指出，最常见的主位推进模式有四类[1]。

第一类是主位同一型（亦称放射型：几个句子的主位相同，而述位各不相同）：

---

1 朱永生，《主位推进模式与语篇分析》，载《外语教学与研究》1995年第3期，第6-12页。

$$T_1—R_1$$
$$|$$
$$T_2(=T_1)—R_2$$
$$…$$
$$T_n(=T_1)—R_n$$

第二类是述位同一型（亦称集中型：主位不同，述位相同）：

$$T_1—R_1$$
$$|$$
$$T_2—R_2(=R_1)$$
$$…$$
$$T_n—R_n(=R_1)$$

第三类是延续型（亦称梯型：前一句的述位或述位的一部分成为后一句的主位）：

$$T_1—R_1$$
$$|$$
$$T_2(=R_1)—R_2$$
$$…$$
$$T_n(=R_n—1)—R_n$$

第四类是交叉型（前一句的主位是后一句的述位）：

$$T_1—R_1$$
$$|$$
$$T_2—R_2$$
$$…$$
$$T_n—R_n(=T_n—1)$$

比较以上主位推进模式类型，我们比较倾向于朱永生的四类划分法，因为这种划分既能充分考虑到语义推进，又能注意到形式上的衔接，划分简洁明了。

在翻译中，我们所接触到的不仅是句子，更多的是语篇，因此仅在小句层面讨论主位结构是有局限性的。苏联翻译理论语言学派的代表人物之一科米萨罗夫正是从这个意义上指出："语篇是有一定结构和内容的复杂整体，语篇的交际潜能大大超过构成它的语句的内容总和。作为译者应当善于领会原文语篇的这种整体性，并使自己创造的译文语篇也具有整体性。"[1] 关于语篇整体性和主位结构的关系，科米萨罗夫认为，语篇中叙述的连贯和关联很大程度上取决于相邻语句间的主述位关系[2]。因此，就主位结构的翻译而言，我们要关注的不仅是孤立的小句的主位结构，而且要知道整个语篇的主位是如何一步一步向前推进的。"主位推进模式"就是主位和述位组成适当的语篇推进模式，以保证语篇的可接受性，而不仅是合乎语法规范[3]。

翻译的实质是意义的转换，语言的意义不是单一的，而是有系统的、分层次的。主位推进模式可以帮助译者更加准确地发现源语和目的语的语义分布、理解语篇意义，使译文在遵从原文的基础上，符合目的语的语言习惯。

源语语篇的主位推进模式在很大程度上反映了作者的交际意图与写

---

1 Комиссаров В. Н. Современное переводоведение. Курслекций. М.：ЭТС, 1999，С. 53.

2 Комиссаров В. Н. Современное переводоведение. Курслекций. М.：ЭТС, 1999，С. 55.

3 张馨，《主述位结构与英汉翻译》，载《贵州民族学院学报（哲学社会科学版）》2008年第3期，第166-168页。

作思路。分析主位推进模式，不仅有助于我们了解文章的连贯和衔接方式，从整体上把握语篇脉络，还能进一步了解作者的思路与意图，更深层次地理解文章内涵，为语篇翻译提供新思路。

在语篇翻译中，译者只有在译文中再现或重建原文的主位模式，才能达到与原文相近的语篇效果，即源语语篇的主位推进模式所体现的语篇目的和整体语篇效果。本章探讨翻译中源语和译语间主位推进模式的转换规律，分析主位推进模式如何构建衔接得当、语义连贯的译文，如何再现原文信息结构所产生的交际效果。

奈达（E. A. Nida）将翻译定义为"从语义到文体在译语中用最近似的自然对等值再现源语的信息"[1]。这表明译者不仅要准确无误地传达原文的意思，而且译文在形式上要最大限度地与原文相似。主位推进模式作为一种语篇分析方法，是作者交际意图的外现，也是构建译文时不可或缺的重要参照[2]。分析原文的主位推进模式，有利于译者理解作者的交际意图，在译文中更准确地传递原文的意义。在翻译中应该尽可能地保留源语语篇的主位推进模式。译文尽可能地保留源语语篇的主位推进模式有利于保障源语语篇交际意图的实现。

由于思维习惯的不同，不同民族对同一客观事实有着不同的语言传达顺序。英语民族的思维习惯所形成的语言传达模式是主语+谓语+宾语+状语，以及较长的定语必须后置等。汉语的思维方式所形成的语言传达模式是主语+状语+谓语+宾语，以及宾语必须前置等。从语言形态学的角度来看，语言有分析型和综合型之分。分析型语言的主要特征之一是语序较固定，而综合型语言的主要特征之一是语序灵活。汉语是

---

[1] 谭载喜，《西方翻译简史》，北京：商务印书馆，2004年，第234页。

[2] 刘富丽，《英汉翻译中的主位推进模式》，载《外语教学与研究》2006年第5期，第309-312页。

分析型为主的语言，因此语序比较固定；而英语则是分析、综合参半的语言，因此语序既有固定的一面，又有灵活的一面。俄语则是典型的综合型语言，俄语丰富的屈折变化允许自由词序的存在。汉英俄三种民族在思维习惯和语言形态上有同有异。汉英俄三种语言本身在语法、表达习惯等方面存在的差异导致有时在翻译中无法做到保留原文主位推进模式。关于这一翻译现象，贝克指出："如果原文的主位推进模式无法在译语中自然地再现，那么就不得不放弃它。这时，必须保证译文具有自己的推进方式，并具有自身的连续性。"[1]

主位推进模式在语篇分析中占有重要地位，这一成果也被广泛应用于翻译研究。早在20多年前，国内外就有许多研究者尝试运用主位推进模式探讨翻译研究问题。哈提姆和梅森认为，主位结构和主位推进模式既同语篇的连贯性紧密相关，又与不同的语篇体裁有关[2]。国内学者从主位推进模式的视角进行了语篇翻译研究。如杨林认为，语篇中的主位推进机制和信息结构对语篇的发展和连贯具有解释作用，语篇翻译需要对源语与目的语语篇的主位、信息结构进行解构与重构。杨林从形式和功能的角度出发，通过主位推进与信息结构对推动语篇发展、连贯作用的分析，探讨了汉英语篇翻译中主位、信息结构进行解构与重构的必要性与实践意义[3]。李明指出，语篇层面的主位—信息结构对构建语篇意义起着重要作用。他从主位—信息结构理论出发，对张经浩和孙致礼翻译的《傲慢与偏见》两个汉译本片段的主位—信息结构进行对比发

---

[1] Baker, M. *In Other Words: A Coursebook on Translation*. London: Routledge, 1992, p. 184.

[2] Hatim & Mason. *Discourse and the Translator*. London: Longman Group UK. 1990, pp. 193-222.

[3] 杨林，《汉英语篇翻译中主位、信息结构的解构与重构》，载《西北第二民族学院学报（哲学社会科学版）》2008年第1期，第111-115页。

现，随意改变原文的主位推进模式，就会破坏原文的信息结构，改变原文的语篇意义。只有对原文语言形式中的主位—信息结构予以充分再现，做到意之所到、形式不忘，最终的译文才会浑然天成[1]。沈伟栋在《话语分析与翻译》中把主位推进归纳为七种模式，即延续型、派生型、平行型、集中型、交叉型、并列型、跳跃型，并在此基础上对主位推进的翻译进行了研究[2]。陈洁在《俄汉句群翻译初探》一文中研究了句群翻译的问题，认为在句群翻译中应尤其注意衔接、行文线索和意脉这三方面的问题[3]。

3.2.1 源语与英译的主位推进模式对比分析

《长干行》是李白的杰作之一，被选入《唐诗三百首》。这首诗通过女主人公的口吻，抒发自己对在外经商的丈夫的思恋。全诗通过人物的独白，辅以景物相衬，把叙事、写景、抒情巧妙地融为一体。作为李白闺怨诗的代表之作，本诗的突出特点有两个。一是存在许多以时间、地点、方式状语出现在句子或小句之首充当主位的情况，把状语所示的时间、地点或方位作为出发点。二是撷取生活场景来表达女主人公细腻复杂的心理活动，如折花、骑竹马、弄青梅栩栩如生地表现了孩童的天真烂漫，迟行迹、生绿苔、蝴蝶黄等则揭示出自己长久等待、韶华流逝的伤感之情。

主位推进模式对语篇的解读具有重要的指导意义，有助于构建语篇

---

1 李明，《得意岂能忘形——从〈傲慢与偏见〉的两种译文看文学翻译中主位—信息结构之再现》，载《广东外语外贸大学学报》2009 年第 4 期，第 88-92 页。

2 沈伟栋，《话语分析与翻译》，载《中国翻译》2000 年第 6 期，第 27-29 页。

3 陈洁，《俄汉句群翻译初探》，载《解放军外语学院学报》1993 年第 1 期，第 88-94 页。

图式，形成事件的发展脉络。主位推进模式的对比研究对于翻译理论的建构具有不可忽略的价值。只有对源语和目的语的主位推进模式的异同有了深入的了解，译者才能在翻译过程中做出恰当的选择，最大限度地避免翻译损失。

我们对比《长干行》源语语篇与译语语篇的主位推进模式，探讨唐诗英译中源语语篇的主位推进模式及其在译语语篇中的建构作用。具体的分析方法如下。

第一，根据诗句表达的意义，把诗句中叙述的对象和叙述的内容分别区分为主位（T）和述位（R），并用下标小字进行标示。

第二，各句一般都包括主位和述位两个部分，其中主位在一定条件下可以承上下文省略，出现主位空缺。主位空缺时用"Ø"号表示，并按它在上下文中出现的顺序标示。语义上存在、但形式上没有在诗篇任何地方出现的主位成分，在"Ø"号后用"［主位 X（TX）］"标出，排序在所有主位成分之后。

第三，一般情况下，一句诗中包含有主位（T）和述位（R）两个部分，但在某些特殊的情况下，可能出现两句诗共同构成一对主位和述位关系；或者，在一句诗中，前半部分构成一对主位和述位关系，后半部分又构成一对主位和述位关系，包含两对主位和述位关系。

第四，出现在诗篇各句的主位和述位成分，按出现的顺序，依次下标为"主位 1（T1）""主位 2（T2）""主位 3（T3）"……，或"述位 1（R1）""述位 2（R2）""述位 3（R3）"……。

第五，表示同一意义的不同形式，视为同一成分，当它们占据同一位置的时候，采用相同的标示，比如都标为"主位 1（T1）"或"主位 2（T2）"等。当它们占据不同的位置时，按同类位置的顺序标示，并附上其在原位中的顺序标示，比如一个原居"主位 3（T3）"的成分，占据了"述位 5（R5）"的位置，则标为"述位 5/ 主位 3（R5/T3）"；反之，如一个原居"述位 5（R5）"的成分，如出现在"主位 3"的位置上，则标为"主位 3/ 述位 5（T3/R5）"。

第六，表示同一对象的词语之间存在不同的关系，其中有的属代称，在标示中虽用词不同而所指相同，标示可以保持不变；但有的以某一人物或事物的不同部分或相关部分作为叙述对象，叙述内容出现偏移，形成主位或述位的变体，则用连接号"-"加上数字表示。比如《长干行》中，"主位 1（T1）"是"妾"，诗中用"十四""十五"等不同年龄表示"妾"时，仍用"主位 1（T1）"标示；但诗中在以"妾发""（妾）羞颜""（妾）红颜""（妾）门前""妾心"作为叙述对象时，则分别标为"主位 1-1（T1-1）""主位 1-2（T1-2）""主位 1-3（T1-3）""主位 1-4（T1-4）"，以示区别。同理，该诗中"远行"标为"述位 16（R16）"，远行中出现的景物"瞿塘滟滪堆"标为"述位 16-1（R16-1）"，"猿声"标为"述位 16-2（R16-2）"。

第七，诗篇中，上下文中的主位成分不仅可能单独出现在某个句子中，也可能在同一个位置上出现两个这样的成分，形成不同的关系，比如《长干行》中，表示"妾"和"郎"的主位 1（T1）和主位 2（T2）的关系有三种：（1）主位 1（T1）和主位 2（T2）并列，即标为"主位 1+ 主位 2"（T1+T2）；（2）指称"郎"的"君"修饰指称"妾"的"妇"构成"君妇"，实际指称"妾"本人，因此只标为表示"妾"本人的"主位 1（T1）"；（3）在主谓谓语结构"十六君远行"中，表示"妾"的"十六"与表示"郎"的"君"分别充当两个结构层次中的主位，从叙述的角度来看，这一句子中，叙述的主体由"主位 1"的"妾"通过这样的结构，转移到"主位 2"所指称的"郎"。

第八，诗篇中主谓谓语句的主位转换功能。主谓谓语句是以一种主谓短语作谓语的句子，它的结构形式是"主语$_1$+（主语$_2$+谓语）"，在诗句中，"主语$_1$"占据全句主语的位置，承上文的主位成分，"主语$_2$"占据主谓短语中的主语位置，启下文的主位成分，如《长干行》"十六君远行"句中，"十六"指"妾"，承上文各句的主位成分，而"君"作为"远行"的述位成分，启下文的内容。

《长干行》的主述位结构关系可分析为：

(1) 妾发$_{T1-1}$ 初覆额$_{R1}$，

(2) Ø$_{T1}$ 折花门前剧$_{R2}$。

(3) 郎$_{T2}$ 骑竹马来$_{R3}$，

(4) Ø$_{T1+T2}$ 绕床弄青梅$_{R4}$。

(5) Ø$_{T1+T2}$ 同居长干里$_{R5}$，

(6) 两小$_{T1+T2}$ 无嫌猜$_{R6}$。

(7) 十四$_{T1}$ 为君妇$_{R7/T1/T2}$，[1]

(8) 羞颜$_{T1-2}$ 未尝开$_{R8}$。

(9) Ø$_{T1}$ 低头向暗壁$_{R9}$，

(10) Ø$_{T2}$ 千唤$_{R10}$（Ø$_{T1}$）不一回$_{R11}$。

(11) 十五$_{T1}$ 始展眉$_{R12}$，

(12) Ø$_{T1+T2}$ 愿同尘与灰$_{R13}$。[2]

(13) Ø$_{T2}$ 常存抱柱信$_{R14/T1}$，[3]

(14) Ø$_{T1}$ 岂上望夫台$_{R15/T2}$。

(15) 十六$_{T1}$ 君$_{T2}$ 远行$_{R16}$，

---

[1] "君妇"指"妾"本人，但"君"则指"郎"，因此，这里兼指"妾"和"郎"。

[2] 此句以"妾"为主，但"同"则兼指"妾"与"郎"。

[3] "抱柱信"指尾生与女子相约守信而死的典故，诗中喻"郎"对"妾"真诚的爱。

（16）瞿塘滟滪堆 $_{T3/R16\text{-}1}$。

（17）五月不可触 $_{R17}$，[1]

（18）猿声 $_{T4/R16\text{-}2}$ 天上哀 $_{R18}$。

（19）门前 $_{T1\text{-}3}$ 迟行迹 $_{R19}$，

（20）Ø$_{T1\text{-}3}$ 一一生绿苔 $_{R20}$。

（21）苔 $_{T5/R20}$ 深不能扫 $_{R21}$，

（22）落叶 $_{T6}$ 秋风早 $_{R22}$。

（23）八月蝴蝶 $_{T7}$ 黄 $_{R23}$，

（24）双 $_{T7}$ 飞西园草 $_{R24}$。

（25）Ø$_{T1}$ 感此伤妾心 $_{R25/T1\text{-}4}$，

（26）Ø$_{T1}$ 坐愁红颜老 $_{R26/T1\text{-}2}$。

（27）Ø$_{T2}$ 早晚下三巴 $_{R27}$，

（28）Ø$_{T2}$ 预将书报家 $_{R28}$。

（29）Ø$_{T1}$ 相迎不道远 $_{R29}$，

（30）Ø$_{T1}$ 直至长风沙 $_{R30}$。

根据诗歌内容，全诗大致可以按时间分为"烂漫童年""幸福婚姻""离别远行""孤寂盼归"四个层次：开首六句为第一层次，"十四为君妇"以下八句为第二层次，"十六君远行"四句为第三层次，"门前迟行迹"以下为第四层次。

当我们接触一个语篇时，可以按其中语句出现的顺序逐一切分主位和述位，然后再按同一顺序理清作者的思路。我们按前后顺序把《长干行》原文各句的主位排列如下：

---

1 "瞿塘滟滪堆，五月不可触"两句共同构成主位和述位关系。

妾发 $_{T1-1}$ → Ø$_{T1}$ → 郎 $_{T2}$ → Ø$_{T1+T2}$ → Ø$_{T1+T2}$ → 两小 $_{T1+T2}$ → 十四 $_{T1}$ →
羞颜 $_{T1-2}$ → Ø$_{T1}$ → Ø$_{T2}$ → 十五 $_{T1}$ → Ø$_{T1+T2}$ → Ø$_{T2}$ → Ø$_{T1}$ → 十六 $_{T1}$
君 $_{T2}$ → 瞿塘滟滪堆 $_{T3/R16-1}$ → 猿声 $_{T4/R16-2}$ → 门前 $_{T1-3}$ → Ø$_{T1-3}$ →
苔 $_{T5/R20}$ → 落叶 $_{T6}$ → 蝴蝶 $_{T7}$ → 双 $_{T7}$ → Ø$_{T1}$ → Ø$_{T1}$ → Ø$_{T2}$ → Ø$_{T2}$ →
Ø$_{T1}$ → Ø$_{T1}$

在以上对源语语篇中每一诗句的主述位结构进行切分的基础上，我们首先对原诗进行层次划分，然后进行主位推进模式分析。

第一层次由开首六句构成，主题为"烂漫童年"：

(1) 妾发 $_{T1-1}$ 初覆额 $_{R1}$，(2) Ø$_{T1}$ 折花门前剧 $_{R2}$。

$$T_{1-1} — R_1$$
$$|$$
$$T_1 — R_2$$

(3) 郎 $_{T2}$ 骑竹马来 $_{R3}$，(4) Ø$_{T1+T2}$ 绕床弄青梅 $_{R4}$。

$$T_2 — R_3$$
$$|$$
$$T_1+T_2 — R_4$$

(5) Ø$_{T1+T2}$ 同居长干里 $_{R5}$，(6) 两小 $_{T1+T2}$ 无嫌猜 $_{R6}$。

$$T_1+T_2 — R_5$$
$$|$$
$$T_1+T_2 — R_6$$

第二层次由"十四为君妇"以下八句构成，主题为"幸福婚姻"：

(7) 十四 $_{T1}$ 为君妇 $_{R7/T1/T2}$，(8) 羞颜 $_{T1-2}$ 未尝开 $_{R8}$。

(9) Ø$_{T1}$ 低头向暗壁 $_{R9}$，(10) Ø$_{T2}$ 千唤 $_{R10\,(T1)}$ 不一回 $_{R11}$。

(11) 十五 $_{T1}$ 始展眉 $_{R12}$，(12) Ø$_{T1+T2}$ 愿同尘与灰 $_{R13}$。

（13）Ø$_{T2}$ 常存抱柱信 $_{R14/T1}$，（14）Ø$_{T1}$ 岂上望夫台 $_{R15/T2}$。

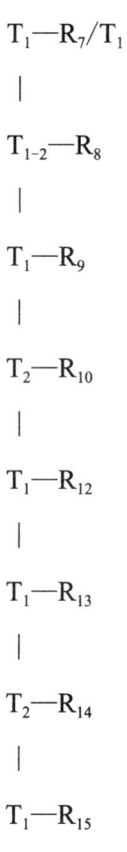

$$T_1 - R_7/T_1$$
$$|$$
$$T_{1-2} - R_8$$
$$|$$
$$T_1 - R_9$$
$$|$$
$$T_2 - R_{10}$$
$$|$$
$$T_1 - R_{12}$$
$$|$$
$$T_1 - R_{13}$$
$$|$$
$$T_2 - R_{14}$$
$$|$$
$$T_1 - R_{15}$$

第三层次由"十六君远行"四句构成，主题为"离别远行"：

（15）十六 $_{T1}$ 君 $_{T2}$ 远行 $_{R16}$，（16）瞿塘滟滪堆 $_{T3/R16-1}$。

（17）五月不可触 $_{R17}$，（18）猿声 $_{T4/R16-2}$ 天上哀 $_{R18}$。

$$T_2 - R_{16}$$
$$|$$
$$T_3 - R_{16-1}$$

第四层次由"门前迟行迹"以下部分构成，主题为"孤寂盼归"：

（19）门前 $_{T1-3}$ 迟行迹 $_{R19}$，（20）Ø$_{T1-3}$ 一一生绿苔 $_{R20}$。

（21）苔 $_{T5/R20}$ 深不能扫 $_{R21}$，（22）落叶 $_{T6}$ 秋风早 $_{R22}$。

T_{1-3}—R_{19}

|

T_{1-3}—R_{20}

|

T_5/R_{20}—R_{21}

(23) 八月蝴蝶 $_{T7}$ 来 $_{R23}$，(24) 双 $_{T7}$ 飞西园草 $_{R24}$。

T_7—R_{23}

|

T_7—R_{24}

(25) Ø$_{T1}$ 感此伤妾心 $_{R25/T1-4}$，(26) Ø$_{T1}$ 坐愁红颜老 $_{R26/T1-2}$。

T_1—R_{25}/T_{1-4}

|

T_1—R_{26}/T_{1-2}

(27) Ø$_{T2}$ 早晚下三巴 $_{R27}$，(28) Ø$_{T2}$ 预将书报家 $_{R28}$。

T_2—R_{27}

|

T_2—R_{28}

(29) Ø$_{T1}$ 相迎不道远 $_{R29}$，(30) Ø$_{T1}$ 直至长风沙 $_{R30}$。

T_1—R_{29}

|

T_1—R_{30}

我们对《长干行》的主位推进模式分析如下。

第一，使用最多的模式是主位同一型，而且主位同一型的体现方式大多是主语省略的形式（15 次，占 50%）。汉诗中主语省略现象的大量存在是这一主位推进模式出现的原因。如：

Ø$_{T1}$ 折花门前剧 $_{R2}$。（省略主语"妾"）

Ø$_{T1+T2}$ 绕床弄青梅 $_{R4}$。（省略主语"妾与郎"）

Ø$_{T2}$ 常存抱柱信 $_{R14}$，（省略主语"郎"）

第二，这是一首爱情诗，诗中 T1（妾）与 T2（郎）双方关系如此表现：(1)T1 多居主位构成主线；(2)T1 和 T2 交替居主位，交叉对映；(3) T1 与 T2 共同居主位，合为一体；(4) T1 与 T2 分别居主位和叙位，相互对称。本诗通过女主人公的独白，抒发她对在外经商的丈夫的思念之情。因此，"妾"做主位（T$_1$）是全诗主位推进模式的特点之一（13次）。主位推进模式清楚地展示了诗人李白的创作思路：诗人在诗歌创作中围绕"妾与郎"这个话题展开。"妾与郎"就是他叙述的起点。全诗均围绕着"妾与郎"进行描述。27 个主位中共有 22 个主位与"妾与郎"有关。其余 5 个主位虽然把话题转向"瞿塘""落叶""蝴蝶"等，也是为了烘托"妾与郎"的关系。通过主位推进模式的分析可以发现，在女主人公的叙说中全诗主位前后呼应，有始有终，叙述完整，表达了一个闺妇对远行丈夫的思念之情。

我们以上述主位推进模式为理论依据，对庞德英译文主位推进模式进行分析：

The River-Merchant's Wife: a letter

While my hair （T$_{1-2}$）//was still cut straight across my forehead （T$_{1-1}$）/,

I （T$_1$）//played about the front gate, pulling flowers （R$_1$）.

You （T$_2$）/came by on bamboo stilts, playing horse （R$_2$），

You （T$_2$）/walked about my seat, playing with blue plums （R$_3$）.

And we （T$_1$+T$_2$）/went on living in the village of Chokan （R$_4$）:

Two small people （T$_1$+T$_2$）/, without dislike or suspicion （R$_5$）.

At fourteen （T$_1$）/I married My Lord you （R$_6$）.

I (T$_1$)/never laughed, being bashful (R$_7$).

Lowering my head (T$_{1-3}$)/, I looked at the wall (R$_8$).

(ØT$_2$)/Called to, a thousand times, I never looked back (R$_9$).

At fifteen (T$_1$)/I stopped scowling (R$_{10}$),

I (T$_1$)/desired my dust to be mingled with yours.

Forever and forever and forever (R$_{11}$).

Why should I (T$_1$)/climb the look out (R$_{12}$).

At sixteen (T$_1$)/you departed (R$_{13}$),

You(T$_2$)/went into far Ku-to-en, by the river of swirling eddies(R$_{14}$),

And you (T$_2$)/have been gone five months (R$_{15}$).

The monkeys (T$_3$)/make sorrowful noise overhead (R$_{16}$).

You (T$_2$)/dragged your feet when you went out (R$_{17}$).

By the gate now (T$_4$)/, the moss is grown, the different mosses, too deep to clear them away (R$_{18}$)!

The leaves (T$_5$)/fall early this autumn, in wind (R$_{19}$).

The paired butterflies (T$_6$)/are already yellow with August

Over the grass in the West garden (R$_{20}$);

They (T$_6$)/hurt me (R$_{21}$).

I (T$_1$)/grow older (R$_{22}$).

If you (T$_2$)//are coming down through the narrows of the river Kiang (T$_7$)/,

Please let me know beforehand (R$_{23}$),

And I (T$_1$) /will come out to meet you

As far as Cho-fu-Sa (R$_{24}$).

我们按前后顺序把庞德译文各句的主位排列如下：

（T$_{1-1}$）（句项主位）→ I（T$_1$）→ You（T$_2$）→ You（T$_2$）→ And we（T$_1$+T$_2$）→ Two small people（T$_1$+T$_2$）→ At fourteen（T$_1$）→ I（T$_1$）→ Lowering my head（T$_{1-3}$）→（ØT$_2$）→ At fifteen（T$_1$）→ I（T$_1$）→ Why should I（T$_1$）→ At sixteen（T$_1$）→ You（T$_2$）→ And you（T$_2$）→ The monkeys（T$_3$）→ You（T$_2$）→ By the gate now（T$_4$）→ The leaves（T$_5$）→ The paired butterflies（T$_6$）→ They（T$_6$）→ I（T$_1$）→（T$_7$）（句项主位）→ And I（T$_1$）

在以上对庞德英译语篇中每一句的主位结构进行切分的基础上，我们对全诗的主位推进模式的分析如下。

第一层次由开首六句构成，主题为"烂漫童年"：

While my hair（T$_{1-2}$）//was still cut straight across my forehead（T$_{1-1}$）/,
I（T$_1$）//played about the front gate, pulling flowers（R$_1$）.

$$T_{1-1} \text{—} R_1$$
$$|\quad\quad|$$
$$T_{1-2}\quad T_1$$

You（T$_2$）/came by on bamboo stilts, playing horse（R$_2$），
You（T$_2$）/walked about my seat, playing with blue plums（R$_3$）.

$$T_2 \text{—} R_2$$
$$|$$
$$T_2 \text{—} R_3$$

And we（T$_1$+T$_2$）/went on living in the village of Chokan（R$_4$）：
Two small people（T$_1$+T$_2$）/, without dislike or suspicion（R$_5$）.

$$T_1+T_2 \text{—} R_4$$
$$|$$
$$T_1+T_2 \text{—} R_5$$

第二层次由"十四为君妇"以下八句构成，主题为"幸福婚姻"：

At fourteen（T_1）/I married My Lord you（R_6）.

I（T_1）/never laughed, being bashful（R_7）.

Lowering my head（T_{1-3}）/, I looked at the wall（R_8）.

（$\emptyset T_2$）/Called to, a thousand times, I never looked back（R_9）.

At fifteen（T_1）/I stopped scowling（R_{10}）,

I（T_1）/desired my dust to be mingled with yours.

Forever and forever and forever（R_{11}）.

Why should I（T_1）/climb the look out（R_{12}）.

$$T_1\text{—}R_6$$
$$|$$
$$T_1\text{—}R_7$$
$$|$$
$$T_{1-3}\text{—}R_8$$
$$|$$
$$T_2\text{—}R_9$$
$$|$$
$$T_1\text{—}R_{10}$$
$$|$$
$$T_1\text{—}R_{11}$$
$$|$$
$$T_1\text{—}R_{12}$$

第三层次由"十六君远行"以下四句构成，主题为"离别远行"：

At sixteen（T_1）/you departed（R_{13}）,

You（T_2）/went into far Ku-to-en, by the river of swirling eddies（R_{14}）,

And you（T_2）/have been gone five months（R_{15}）.

The monkeys（T_3）/make sorrowful noise overhead（R_{16}）.

$$T_1—R_{13}$$
$$|$$
$$T_2—R_{14}$$
$$|$$
$$T_2—R_{15}$$
$$|$$
$$T_3—R_{16}$$

第四层次由"门前迟行迹"以下部分构成，主题为"孤寂盼归"：

You（T_2）/dragged your feet when you went out（R_{17}）.

By the gate now（T_4）/, the moss is grown, the different mosses,
Too deep to clear them away（R_{18}）!

The leaves（T_5）/fall early this autumn, in wind（R_{19}）.

$$T_2—R_{17}$$
$$|$$
$$T_4—R_{18}$$
$$|$$
$$T_5—R_{19}$$

The paired butterflies（T_6）/are already yellow with August
Over the grass in the West garden（R_{20}）;

$$T_6—R_{20}$$

They（T_6）/hurt me（R_{21}）.

I（T_1）/grow older（R_{22}）.

$$T_6—R_{21}$$
$$|$$
$$T_1—R_{22}$$

If you (T_2)//are coming down through the narrows of the river Kiang (T_7)/,

Please let me (T_1)//know beforehand (R_{23}),

$$T_7—R_{23}$$
$$|\quad|$$
$$T_2\quad T_1$$

And I (T_1)/will come out to meet you

As far as Cho-fu-Sa (R_{24}).

$$T_1—R_{24}$$

我们对庞德英译的主位推进模式分析如下。

第一，与汉语原诗一致，使用得最多的模式是主位同一型；但与原文不同，译文主位同一型的体现方式绝大多数是显性的（12次，占50%）。这是由英语的语法特点所决定的。在语法上，英语语法是显性的（explicit），而汉语的语法则是隐性的（implicit）[1]。英语的这一语法特点要求英文译诗句子成分齐全，语法关系、动词的时态变化清楚。如：

You (T_2)/dragged your feet when you went out (R_{17}).（主位"you"，共计6次）

I (T_1)/grow older (R_{22}).（主位"I"，共计6次）

And we (T_1+T_2)/went on living in the village of Chokan (R_4):（主位"we"，共计1次）

---

1 参见第4章《衔接与唐诗翻译》。

此外，以下主位在语义层面与主位"妾""郎"紧密相关：

T₁₋₁（主位"Lowering my head"）、T₁₋₂（主位"Called to, a thousand times"）

第二，其余主位从不同角度烘托"妾"与"郎"。

At fourteen（T₁）、At fifteen（T₁）、At sixteen（T₁）（"I"的年龄）

The monkeys（T₃）、The leaves（T₅）、The paired butterflies（T₆）（"I"对"you"的担心和思念）

第三，庞德英语译文使用句项主位。如：

While my hair(T₁₋₂)//was still cut straight across my forehead(T₁₋₁)/, I（T₁）//played about the front gate, pulling flowers（R₁）.

由以上分析可见，译文主位推进清楚地展示了原诗的创作思路。诗人在诗歌创作中围绕"you and I"这个话题展开。全诗均围绕"you and I"进行描述，24个主位中共有19个主位与"you and I"有关，其余5个主位虽然把话题转向"The monkeys""The leaves""The paired butterflies"等，也是为了烘托"you and I"的关系。

3.2.2 源语与俄译的主位推进模式对比分析

主位推进模式对不同语种语篇的解读均具有重要的指导意义，有助于构建语篇图式，形成事件的发展脉络。我们以构建的主位推进模式为理论依据，对《长干行》俄译本进行分析。

Чаганьские мотивы

Я（T₁）/только - только челку приспустила（R₁），

Детьми мы（T₁+T₂）/у ворот с тобой играли（R₂），

Ты（T₂）/палку оседлал, как бы кобылу（R₃），

Мы（T₁+T₂）/у колодца сливами бросались（R₄）.

В одной деревне (ØT$_1$+T$_2$)/выросли с тобою (R$_5$),

Но (ØT$_3$)/запретили вместе нам играть (R$_6$).

Но я (T$_1$)/стала Вам женою (R$_7$),

Лицо стыдливо (ØT$_1$)/стала прикрывать (R$_8$),

//Сидела тихо в уголке (T$_4$)/, где//мгла (R$_9$),

Вы//звали много раз (T$_5$)/, а я//не шла (R$_{10}$).

В пятнадцать (T$_1$)/уже стала улыбаться (R$_{11}$),

Поняв (T$_6$)/, что с Вами я - на жизнь и смерть,

//Что вечно за устой должна держаться,

///Ждать на горе высокой и смотреть (R$_{12}$).

В шестнадцать (T$_1$)/муж уехал по делам (R$_{13}$)

В Цуйтан (T$_7$)/, где грозный риф Яньюй на входе,

//На пятую луну бурливо там,

И даже на гиббонов страх находит (R$_{14}$).

Следы от Ваших ног (T$_8$)/, что у ворот,

//Давно уж скрылись под зеленым мохом (R$_{15}$),

Он (T$_9$)/бурно и стремительно растет (R$_{16}$),

Приходит осень (T$_{10}$)/, павших листьев много (R$_{17}$).

А сколько (T$_{11}$)/стало бабочек в саду (R$_{18}$)!

Все парами, все парами (T$_{12}$)/летают (R$_{19}$)…

(ØT$_1$)/Смотрю - и сердце чувствует беду (R$_{20}$),

(ØT$_1$)/Сижу в тоске и тихо увядаю (R$_{21}$).

Когда же Вы (T$_2$)/из этих Ба придете (R$_{22}$)?

(ØT$_2$)/Пришлите весточку, ко мне спеша (R$_{23}$),

Я встречу Вас на дальнем повороте (T$_{13}$)/ -

3 信息结构与唐诗翻译 / 141

Пусть даже это будет Чанфэнша（R_{24}）.

我们按前后顺序把托洛普采夫俄译文各句的主位排列如下：

Я（T_1）→ мы（T_1+T_2）→ Ты（T_2）→ Мы（T_1+T_2）→（$ØT_2$）→（$ØT_3$）→ я（T_1）→ Лицо стыдливо（$ØT_1$）→（T_4）（句项主位）→（T_5）（句项主位）→ В пятнадцать（T_1）→（T_6）（句项主位）→ В шестнадцать（T_1）→（T_7）（句项主位）→（T_8）（句项主位）→ Он（T_9）→（T_{10}）（句项主位）→ А сколько（T_{11}）→ Все парами, все парами（T_{12}）→（$ØT_1$）→（$ØT_1$）→ Когда же Вы（T_2）→（$ØT_2$）→（T_{13}）（句项主位）

在以上对托洛普采夫俄译语篇中每一句的主位结构进行切分的基础上，我们对译诗的主位推进模式分析如下。

第一层次由开首六句构成，主题为"烂漫童年"：

Я（T_1）/только-только челку приспустила（R_1），

Детьми мы（T_1+T_2）у ворот с тобой играли（R_2），

$$T_1—R_1$$
$$|$$
$$T_1+T_2—R_2$$

Ты（T_2）/палку оседлал, как бы кобылу（R_3），

Мы（T_1+T_2）/у колодца сливами бросались（R_4）.

$$T_2—R_3$$
$$|$$
$$T_1+T_2—R_4$$

В одной деревне（Ø T_1+T_2）/выросли с тобою（R_5），

Но（$ØT_3$）/запретили вместе нам играть（R_6）.

$$T_1+T_2—R_5$$
$$|$$
$$T_3—R_6$$

第二层次由"十四为君妇"以下八句构成,主题为"幸福婚姻":

Но я（T_1）/стала Вам женою（R_7）,

Лицо стыдливо（ØT_1）/стала прикрывать（R_8）,

//Сидела тихо в уголке（T_4）/, где//мгла（R_9）,

Вы//звали много раз（T_5）/, а я//не шла（R_{10}）.

В пятнадцать（T_1）/уже стала улыбаться（R_{11}）,

Поняв（T_6）/, что с Вами я - на жизнь и смерть,

//Что вечно за устой должна держаться,

///Ждать на горе высокой и смотреть（R_{12}）.

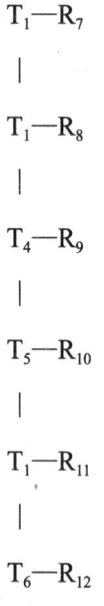

$$T_1—R_7$$
$$|$$
$$T_1—R_8$$
$$|$$
$$T_4—R_9$$
$$|$$
$$T_5—R_{10}$$
$$|$$
$$T_1—R_{11}$$
$$|$$
$$T_6—R_{12}$$

第三层次由"十六君远行"四句构成,主题为"离别远行":

В шестнадцать（T_1）/муж уехал по делам（R_{13}）

3 信息结构与唐诗翻译 / 143

В Цуйтан (T$_7$)/, где грозный риф Яньюй на входе,

//На пятую луну бурливо там,

И даже на гиббонов страх находит (R$_{14}$).

$$T_1\text{—}R_{13}$$
$$|$$
$$T_7\text{—}R_{14}$$

第四层次由"门前迟行迹"以下部分构成，主题为"孤寂盼归"：

Следы от Ваших ног (T$_8$)/, что у ворот,

//Давно уж скрылись под зеленым мохом (R$_{15}$),

Он (T$_9$)/бурно и стремительно растет (R$_{16}$),

Приходит осень (T$_{10}$)/, павших листьев много (R$_{17}$).

$$T_8\text{—}R_{15}$$
$$|$$
$$T_9\text{—}R_{16}$$
$$|$$
$$T_{10}\text{—}R_{17}$$

А сколько (T$_{11}$)/стало бабочек в саду (R$_{18}$)!

Все парами, все парами (T$_{12}$)/летают (R$_{19}$)...

$$T_{11}\text{—}R_{18}$$
$$|$$
$$T_{12}\text{—}R_{19}$$

(ØT$_1$)/Смотрю - и сердце чувствует беду (R$_{20}$),

(ØT$_1$)/Сижу в тоске и тихо увядаю (R$_{21}$).

$$T_1\text{—}R_{20}$$
$$|$$
$$T_1\text{—}R_{21}$$

Когда же Вы（T_2）/из этих Ба придете（R_{22}）？

（$ØT_2$）/Пришлите весточку, ко мне спеша（R_{23}），

$$T_2 — R_{22}$$
$$|$$
$$T_2 — R_{23}$$

Я встречу Вас на дальнем повороте（T_{13}）/-
Пусть даже это будет Чанфэнша（R_{24}）.

$$T_{13} — R_{24}$$

我们对托洛普采夫俄译的主位推进模式分析如下。

第一，主位模式呈多样化趋势。共出现13个不同的主位（汉语原文和英译则各为7个）。因此，俄语译文的主位推进模式与原文相异，不再是主位同一型。此外，主位形式既有显性的，又有隐性的。如：

（主位"Я"）

Я（T_1）/только‐только челку приспустила（R_1），（显性）

Лицо стыдливо（$ØT_1$）/стала прикрывать（R_8），（隐性）

（主位"Ты""Вы"）

Ты（T_2）/палку оседлал, как бы кобылу（R_3），（显性）

（$ØT_2$）/Пришлите весточку, ко мне спеша（R_{23}），（隐性）

（主位"Мы"）

Мы（$T1+T2$）/у колодца сливами бросались（R_4）.（显性）

俄译隐性主位存在的原因在于，俄语谓语动词的屈折变化允许主语省略。此外，以下句项主位在语义层面与主位"Я""Ты"紧密相关：

Сидела тихо в уголке（T_4）（句项主位）、Поняв（T_6）（句项主位）

第二，主位从不同角度烘托"妾"与"郎"。

В пятнадцать（T_1）、В шестнадцать（T_1）（"Я"的年龄）

Следы от Ваших ног（T_8）（句项主位）、Приходит осень（T_{10}）（句项主位）（"Я"对"Ты"的担心和思念）

第三，俄译中多层主位大量存在（共计7次，英译为2次。汉语译文为0次）。俄语主从句必须从形式上用逗号分隔的特点是俄译多层主位存在的原因，这有别于英语。如：

Поняв（T_6）/，что с Вами я - на жизнь и смерть，

//Что вечно за устой должна держаться，

///Ждать на горе высокой и смотреть（R_{12}）.

分析可见，由于没有与原诗的主位推进模式保持一致，俄译没能像英译那样清楚地展示原诗的创作思路。原诗中诗人在诗歌创作中围绕"妾与郎"这个话题展开。"妾与郎"就是他叙述的起点。全诗均围绕着"妾与郎"进行描述。原诗27个主位中共有22个主位与"妾与郎"有关。其余5个主位虽然把话题转向"瞿塘""落叶""蝴蝶"等，也是为了烘托"妾与郎"的关系。通过对原诗主位推进模式的分析可以发现，女主人公的叙说中主位前后呼应，有始有终，叙述完整，表达了一个闺妇对远行丈夫的思念之情。而俄译文24个主位中只有13个主位与"妾与郎"有关，没能像英译那样展示原诗的创作思路。

3.3 小结

本章对主述位信息结构和主位推进模式在语篇翻译中的作用进行了研究。主述位信息结构理论是语篇功能研究中的重要内容。其研究对语篇翻译具有重要的指导作用。主述位信息结构观照下的翻译策略认为，是否保留原文的主述位信息结构，取决于译文能否准确忠实地传达原文的意思。由于原文和译文在词序和衔接手段方面的差异，译文往往无法完整保留原文的主述位信息结构。这时译者应根据信息中心的原则，适时地部分调整或完全改变主述位信息结构来传达原文的信息中心。

研究表明，主位推进模式能够帮助译者更全面、更准确地理解原文，在翻译过程中，译者尽可能保持译文结构与原文结构的主位推进模式一致，就能使译文忠实于原文的信息结构。主位推进模式在翻译中的应用有助于理解语篇的整体含义，做到翻译时译文与原文的整体对应，从而保障译文质量。

本章在探讨翻译中源语和译语主位推进模式的转换规律的基础上，提出主位推进模式的翻译策略。研究表明，顺应源语主位推进模式有助于构建衔接得当、语意连贯的译文，再现原文信息结构所产生的交际效果。

4

衔接
与
唐诗翻译

4.0 引言

对语篇句际衔接的探讨是语篇语言学的重要组成部分。衔接系统也是构成语篇功能的三个语义系统之一。受益于中国语法学家王力等"承上说"的启示，韩礼德于1962年首次提出"衔接"的概念[1]。关于衔接，韩礼德认为："衔接概念是一个语义概念，它指形成语篇的意义关系。当在语篇中对某个成分的意义解释需要依赖于对另一个成分的解读时，便出现了衔接。其中一个成分预设了另一个，也就是说，除非借助另一个成分，否则无法有效地说明它。这时，衔接的关系就建立起来了，而这两个成分，即预设者和被预设者，至少有可能组成一个语篇。"[2] (The concept of cohesion is a semantic one; it refers to relations of meaning that exist within the text, and that define it as a text. Cohesion occurs where the interpretation of some element in discourse is dependent on that of another. The one presupposes the other, in the sense that it cannot be effectively decoded except by recourse to it. When this happens, a relation of cohesion is set up, and two elements, the presupposing and the presupposed, are thereby

---

[1] Halliday, M. A. K. Descriptive Linguistics in Literary Studies. In G. I. Duthie (ed.) *English Studies Today*. 3rd Series. Edinburgh: Edinburgh University Press, 1962.

[2] Halliday, M. A. K., Hasan R. *Cohesion in English*. London and New York: Longman Publishing House, 1976, p. 4.

at least potentially integrated into a text.）

根据韩礼德和哈桑的分类，衔接手段大致可分为语法衔接手段（grammatical cohesion）和词汇衔接手段（lexical cohesion）。前者包括照应（reference）、省略（ellipsis）、替代（substitution）和连接（conjunction）。后者则由复现关系（reiteration）和同现关系（collocation，co-occurence）组成。语法衔接主要通过语法手段得以实现，词汇衔接则通过词汇的选择来体现。贝克认为，衔接是语篇表层的可见语言现象，主张从衔接手段的角度来界定衔接。她指出："衔接是将语篇不同部分联系在一起的语法、词汇和其他手段的统称。"[1]（Cohesion is the network of lexical, grammatical, and other relations which provide links between various parts of a text.）

胡壮麟在保留韩礼德的基本观点的基础上，从更为宏观的视角来探讨语篇衔接的问题，其中包括及物性理论、主位结构、信息理论、语境理论以及语用学的相关研究成果[2]。朱永生以韩礼德的基本观点为基础，通过大量语料的对比，研究英汉语篇衔接方式的异同，并从语言系统和文化系统两个角度，分析存在异同之处的根本原因[3]。

衔接是构成语篇的重要条件，李运兴曾形象地将衔接比作建筑物的钢筋，其将整个结构牢固地联系在一起[4]。对语篇衔接的关注是语篇翻译的重要研究内容。越来越多的学者运用衔接和连贯的理论来探讨语篇

1　Baker, M. *In Other Words: A Coursebook on Translation*. Beijing: Foreign Language Teaching and Research Press, 2000, p.180.

2　参见：胡壮麟，《语篇的衔接与连贯》，上海：上海外语教育出版社，1994年。

3　参见：朱永生，《英汉语篇衔接手段对比研究》，上海：上海外语教育出版社，2001年。

4　参见：李运兴，《语篇翻译引论》，北京：中国对外翻译出版公司，2001年。

翻译。早在1998年，王东风就发表文章《语篇连贯与翻译初探》。作者认为，从连贯的角度研究翻译具有较强的语义解释力。同年，吴义诚在《英语语篇的词汇衔接手段与翻译》中指出，在翻译过程中，译者通过辨析源语语篇中词汇的衔接方式，可以正确认识源语语篇的深层含义，这可以为贯彻翻译的忠实性标准提供明确的理据。在《英汉衔接手段对比及其翻译》（1999）中，张琦以韩礼德—哈桑的模式为理论依据，从构成语篇语义衔接的语法衔接手段入手，初步探讨翻译中的英汉语篇的异同。王俊华的《初探衔接在语篇翻译中的作用》（2005）从翻译的过程来研究衔接在语篇翻译中的重要作用。作者认为，衔接是正确理解原文的关键，是传达原文信息的有效手段，在翻译校改的过程中，同样少不了对衔接的考虑。张军平的《英汉翻译中连接手段的使用差异及成因》（2008）通过翻译对等语料，对英汉语篇中连接手段的使用倾向和频率进行了对比研究，从英汉语言基本结构单位的差异出发，对英汉连接手段使用差异的成因进行了探讨。施秋蕾在《词汇衔接的重构与英汉语篇翻译质量》（2014）一文中指出，复现和搭配不仅可形成近程纽带，也可构成远程纽带，其成功识别与重构对提高英汉语篇翻译质量有重要意义。

　　将衔接概念运用于翻译研究实质上是双语语篇衔接手段的对比研究，由于不同语言的衔接手段存在差异，在翻译转换中需要对衔接手段进行调整。本章以唐诗的英译本和俄译本为例，从语篇衔接的视角关注唐诗外译，分析译本在语篇衔接层面转换的得失，考察唐诗外译中语篇衔接重构的现状，并提出相应的翻译策略，以期为提高诗歌语篇翻译质量提供借鉴。

4.1 衔接手段对比与语篇翻译

语篇语言学认为，语篇是个语义单位，而不是大于句子的语法单位。一个语段必须具有语篇性，才能称得上是语篇。语篇性具有两方面的内容，其一是结构性的，即句子本身的结构，其二是非结构性的，即不同句子中出现的不同成分之间的衔接关系。由此可以看出，衔接手段是生成语篇必不可少的条件。

也就是说，语篇并不是一些互不相关句子的堆积，而是一些意义相关的句子通过各种衔接手段（cohesive devices）实现的有机结合，以期达到一定的交际目的。正如韩礼德与哈桑所言："语篇与非语篇（non-text）的根本区别在于是否具有语篇性（texture），而语篇性是由衔接关系（cohesive relation）形成的。"[1]

基于语篇性的理论，衔接成为语篇翻译关注的重点。纽马克曾说："在我看来，衔接是语篇分析或语篇语言学中可用于翻译的最有用的成分。"[2]（The topic of cohesion…has always appeared to the most useful constituent of discourse analysis or text linguistics applicable to translation.）在翻译的转换过程中，译者应对源语语篇衔接关系进行追

---

[1] Halliday, M. A. K., Hasan R. *Cohesion in English.* London and New York: Longman Publishing House, 1976, p.2.

[2] Peter Newmark. *Approaches to Translation.* Shanghai: Shanghai Foreign Language Education Press, 2001.

索和认识，并在构建译语语篇时自觉、恰当地运用衔接手段。不同语言的衔接手段各有不同，因此，只有基于对原文衔接手段的认识，才能选出得体的译文衔接手段。

不同语言的语法特点决定其衔接手段的使用倾向。在语法上，英语语法和俄语语法是显性的（explicit），而汉语的语法则是隐性的（implicit）。语法上所谓的显性和隐性指有没有外在的形式上的标志[1]。俄语是一种典型的屈折语，具有丰富的形态变化。英语在历史上曾经是一种形态丰富的语言，随着历史的发展，英语已经逐渐从综合型向分析型演变。而汉语由于文字体系的关系，不可能存在形态的变化。关于这一点，德国语言学家洪堡特曾指出："在汉语里，与隐藏的语法相比，明示的语法所占的比例是极小的。"[2] 汉语的语法特点导致汉语在表达上富有弹性，许多逻辑关系靠意义来表达，语法处于次要地位。例如，汉语的省略只求达意，不考虑语法，甚至不考虑逻辑。汉语最常用的省略是主语的省略，谓语的省略较少。英语和俄语的省略多数伴随着形态或形式上的标记，可以从形式上确认出来。

"形合"（hypotaxis）和"意合"（parataxis）是语言组织法。所谓"形合"就是指借助语言形式手段（包括语法手段和词汇手段）实现词语、句子、语篇的连接；所谓"意合"指不借助语言形式手段，而借助词语或句子所含意义的逻辑关系来实现词语、句子、语篇的连接[3]。从语言组织法的角度来说，英语和俄语的衔接多用"形合"，即在句法形式上使用连接词将句子（分句）衔接起来，而汉语多用"意合"，即

---

1 潘文国，《汉英语对比纲要》，北京：北京语言大学出版社，1997年，第117页。
2 徐志明，《欧美语言学简史》，上海：学林出版社，1990年，第68页。
3 潘文国，《汉英语对比纲要》，北京：北京语言大学出版社，1997年，第334页。

靠意义上的衔接而不一定依赖连接词。因而，英语和俄语多连接词，而且这些连接词的出现频率也非常高。这些连接词不仅有连词、副词、代词、关系代词或副词，还有短语等。汉语中虽然也有一些连接词，但在实际的使用中，汉语常常表现出一种少用或不用连接词的倾向。

4.1.1 源语与英译的衔接手段对比分析

下面我们将对《月下独酌》及其英译文的部分语篇衔接手段进行统计和对比分析，以期发现汉英两种语言的部分语篇衔接手段在使用上的偏好，并借此提出衔接手段转换的翻译策略。

首先，我们将对所要研究的衔接手段举例加以说明。

一是照应。根据胡壮麟的观点，"照应指的是语篇中一个成分作为另一个成分的参照点"[1]。照应用代词等语法手段来表示语义关系，通过照应别的词项来说明信息。它们是起信号作用的词汇，本身不能作语义理解，而必须从该词语所指的对象中寻找答案。照应可分为人称照应（personal reference）、指示照应（demonstrative reference）和比较照应（comparative reference）。照应帮助我们准确把握语篇中一个成分与另一相应成分之间语义上的联系。如：

  Raising my cup, I beckon the bright **moon**.
  For **he**, my shadow will make three men.

              ——Steven Oven

根据语境所指，示例中的人称代词"he"指前面的名词"moon"，即代词的所指对象（referent），因而它们形成照应关系。我们也就能够对代词"he"做出正确的语义上的解释。

---

[1] 胡壮麟、朱永生、张德录，《系统功能语法概论》，长沙：湖南教育出版社，1989年，第151页。

二是替代。替代指用替代形式（pro-form）去替代上下文出现的词语。替代词只是一种替代形式，它的语义要从所替代的成分去追索。韩礼德和哈桑把替代分为三类，即名词性替代、动词性替代和从句性替代。衔接手段替代表明，任何词在语篇中都不是孤立的存在，而是语义群的组成部分。在这些语义群范围内的每一个词的意义在很大程度上取决于它在该语义群中同其他词的语义关系。语篇中使用替代这一衔接手段，可以将语篇有机地结合起来，表达语篇的语义完整性，也避免与前面相同成分的重复，从而使语篇中的语言在一定的语境中显得简洁明了。如：

For the briefest time are the moon and my shadow my companions. Oh，be joyful！**One** must make the most of Spring.

—Amy Lowell

示例中的"One"替代了名词词组"my companions"。

三是省略。省略指省去句子中的某一成分。省略是一种特殊的照应即零照应（zero-reference），或一种特殊的替代即零替代（zero-substitution）。省略的使用是为了避免重复，同时使上下文连贯。一个句子中的被省略成分往往隐含在上下文中，所以省略得以成为衔接手段之一，并在语篇平面上起到纽带作用。如：

花间 ø 一壶酒，ø 独酌无相亲。ø 举杯邀明月，ø 对影成三人。

示例表明，省略是汉诗常用的衔接手段。示例中分别使用了主语省略 3 次，谓语省略 1 次。

四是连接。连接专指相邻句子之间的连接关系[1]。连接是指语篇中句与句之间的逻辑关系，即句子是在什么意义上联系起来的，与语义相

---

1 胡壮麟，《语篇的衔接与连贯》，上海：上海外语教育出版社，1994年，第92页。

关。这种连接关系主要通过连接性词语的应用来实现。韩礼德和哈桑把连接分为增补（additive）、转折（adversative）、原因（causal））和时间（temporal）等四种。

Listless, my shadow creeps about at my side.
Yet with the moon as friend and the shadow as slave

—Steven Oven

For a long time I shall be obligated to wander without intention.
But we will keep our appointment by the far-off Cloudy River.

—Amy Lowell

And my shadow follows the motions of my body in vain.
For the briefest time are the moon and my shadow my companions.

—Amy Lowell

示例中的"Yet""But"表示转折。两者都是"通过连接性词语连接，所连接的是与'预期相反'的语义。"[1] 示例中的"For"表示原因。

五是词汇衔接。这里我们仅讨论词汇衔接中的原词复现。所谓原词复现，即通过重复上文已出现过的词来达到语篇的衔接与连贯。如：

举杯邀明月，对影成三人。

月既不解饮，影徒随我身。

暂伴月将影，行乐须及春。

我歌月徘徊，我舞影零乱。

---

1 胡壮麟，《语篇的衔接与连贯》，上海：上海外语教育出版社，1994年，第99页。

举杯邀明月，对**影**成三人。

月既不解饮，**影**徒随我身。

暂伴月将**影**，行乐须及春。

我歌月徘徊，我舞**影**零乱。

在《月下独酌》中，诗人运用丰富的想象，把月亮和自己的身影凑成所谓的"三人"，把寂寞的环境渲染得十分热闹，不仅笔墨传神，更重要的是表达了诗人独自排遣寂寞的旷达不羁的真性情。但是诗的内涵却充满无限的凄凉，诗人无人共饮，孤独到了只有邀请月和影的地步，甚至连今后的岁月，也不可能找到同饮之人了。

下面，我们以李白的《月下独酌》及其五篇英译文为语料，对汉英语篇衔接手段上的一些差异作对比（表4-1～表4-5）。

表4-1 语篇衔接手段在汉英文中的分布（许渊冲译）

语种	衔接手段					
	照应	替代	省略	连接	原词复现	总计
汉语	0	0	10	3	8	21
英语	7	0	2	2	8	19

表4-2 语篇衔接手段在汉英文中的分布（韦利译）

语种	衔接手段					
	照应	替代	省略	连接	原词复现	总计
汉语	0	0	10	3	8	21
英语	6	0	5	2	8	21

表4-3 语篇衔接手段在汉英文中的分布（洛维尔译）

语种	衔接手段					
	照应	替代	省略	连接	原词复现	总计
汉语	0	0	10	3	8	21
英语	5	0	0	5	8	18

表 4-4 语篇衔接手段在汉英文中的分布（翟理思译）

语种	衔接手段					
	照应	替代	省略	连接	原词复现	总计
汉语	0	0	10	3	8	21
英语	9	0	0	3	6	18

表 4-5 语篇衔接手段在汉英文中的分布（宇文所安译）

语种	衔接手段					
	照应	替代	省略	连接	原词复现	总计
汉语	0	0	10	3	8	21
英语	4	0	0	2	8	14

通过对比分析，我们发现，虽然汉英语篇衔接手段都可粗略归纳为以上五种，但在具体运用上二者却各具特点。在原文和五篇译文中，主要的语篇衔接手段有四种，即照应、省略、连接及原词复现，原文和译文中都没有出现替代。虽然照应、省略、连接及原词复现是原文和译文共有的衔接手段，但四者在汉英文中的分布情况却存在明显差异，主要表现在两个方面。

第一，原文多用省略来衔接上下文以达到语篇连贯的目的，而英语译文则多用照应。汉语文字是以形为主的表意文字，没有时态、语态、性和数的屈折变化，这样的特征在诗歌中尤其突出。因此，唐诗也不必像英语诗那样，一定得有主语、谓语、代词和介词等。唐诗往往不拘人称，词语倒置，词性灵活。因此，在中国古诗中，省略句子成分的现象比比皆是，这体现了中国诗含蓄、简洁的美学特征。例如：

《月下独酌》

花间（谓语省略）一壶酒，（主语省略）独酌无相亲。

（主语省略）举杯邀明月，（主语省略）对影成三人。

月既不解饮，影徒随我身。

（主语省略）暂伴月将影，（主语省略）行乐须及春。

我歌月徘徊，我舞影零乱。

（主语省略）醒时同交欢，（主语省略）醉后各分散。

（主语省略）永结无情游，（主语省略）相期邈云汉。

诗篇中一共出现了10次省略，其中包括9次主语省略和1次谓语省略。中国古典诗歌文字简洁而蕴涵丰富，主语省略在时空关系上扩展了广垠的境界，将诗人个人的体验变成了普遍的经验，体现了"诗无达诂"的特征，使读者仿佛身临其境，产生出超乎时空、任读者想象的美感魅力。汉诗，尤其是古典汉诗，很少或几乎不出现人称代词。"中文诗常常可以省略主语，容许诗人不让自己的个性侵扰诗境，诗中没有表明的主语可以很容易地被设想为任何人，这使得中国诗常具有一种非个人的普遍的性质。"[1] 英文译诗由于在语法上讲究严谨，必须确定其人称与时空关系。我们来看洛维尔（A. Lowell）的译文：

Drinking Alone in the Moonlight

A pot of wine among flowers.

I alone, drinking, without a companion.

I lift the cup and invite the bright moon.

My shadow opposite certainly makes us three.

But the moon cannot drink,

And my shadow follows the motions of my body in vain.

For the briefest time are the moon and my shadow my companions.

Oh, be joyful! One must make the most of Spring.

I sing, the moon walks forward rhythmically;

---

[1] 詹杭伦，《刘若愚　融合中西诗学之路》，北京：文津出版社，2005年，第58页。

I dance, and my shadow shatters and becomes confused.

In my waking moments we are happily blended.

When I am drunk, we are divided from one another and scattered.

For a long time I shall be obligated to wander without intention.

But we will keep our appointment by the far-off Cloudy River.

——Amy Lowell

汉语中最常见的省略是主语省略,这一点在汉语古诗中表现得尤为突出。汉语古诗中很少使用第一人称"我",从而造成意义的不确定。由于语言特点的差异,这种不确定性在英译文中消失了。关于中西诗歌的这种差异,克罗德·卢阿(Claude Roy)说:"西方译者希望知道谁在湖边或者山中,谁在倾听飞雁的鸣叫和手指轻触的琴声。他们想知道这件事情发生在什么时候:很早以前,昨天,前夜,还是今天?他们希望拥有所有信息,这样才能确定诗作的感情色彩、作者的精神状态(作者常常是看不见的,避开的)以及作品的主要调子。这是怀旧、轻微的喜悦、深深的忧伤还是悲痛?但是中国人不愿意被局限于一个答案中。"[1] 保尔·戴密微(Paul Demieville)也表达了类似的观点:"汉语动词的无人称性赋予动词以一种含糊不清和宽泛的特性,然而在译文中这种特性就消失了。"[2]

挪威语言学家约翰·加尔通(Johan Galtung)说:"英语中的'I'是第一人称单数,是个人主义和自我存在的象征,它在英文中要大写,

---

[1] 钱林森,《法国汉学家论中国文学:古典诗词》,北京:外语教学与研究出版社,2007年,第399页。

[2] 钱林森,《法国汉学家论中国文学:古典诗词》,北京:外语教学与研究出版社,2007年,第34页。

带有强烈的个人主义色彩。"[1] 译诗中出现了 6 次英语第一人称"I"，在句中做主语。可见，英文译诗的句子成分齐全，语法关系、动词的时态变化清楚，因此也形成译诗中的明确的抒情的主体和时空关系。原文与译文的对比凸显出汉语诗歌的主语的隐性状态和英语诗歌的主语的显性状态。这直接形成汉诗的"无我之境"，英诗的"有我之境"。汉语古诗人称的"隐"，"隐没了抒情主体，拉开与自身的距离，也增强了意象内涵的普遍意义"[2]。这也正是汉语古典诗歌的魅力所在。

译者对汉语古诗人称的"隐"的翻译也是见仁见智。例如：

原诗：

（主语省略）暂伴月将影，（主语省略）行乐须及春。

译文 1：

Together with them for the time I stay

And make merry before spring's spend away.

——许渊冲译

译文 2：

Yet **with** the moon as friend and the shadow as slave

I must make merry before the Spring is spent.

—Arthur Waley

译文 3：

For the briefest time are the moon and my shadow my companions.

Oh, be joyful! **One** must make the most of Spring.

—Amy Lowell

---

1 张德明，《人类学诗学》，杭州：浙江文艺出版社，1998 年，第 38 页。
2 孙玉石，《中国现代诗歌艺术》，武汉：长江文艺出版社，2007 年，第 321 页。

译文 4：

But **with** moon and shadow as companions a while,
This joy I find will surely last till spring.

—Steven Oven

译文1、译文2、译文4均有第一人称"我"（I）的介入，从而破坏了原诗的"无我之境"。译文3中，洛维尔的译文"For the briefest time are the moon and my shadow my companions. / Oh, be joyful! *One* must make the most of Spring."采用名词词组"my companions"做主语，巧妙地避免了第一人称"我"（I）的介入。另外，译文的倒装句型也凸显了诗人只能与"月""影"为伴的孤寂。因此，在汉诗英译中，尽量避免第一人称"我"（I）的介入，保持汉诗的无我之境，可视为译诗的一个比较理想的境界。在其余三个有第一人称"我"（I）的介入的译文中，宇文所安的译文"But **with** moon and shadow as companions a while, /This joy I find will surely last till spring."用介词短语转换原诗的动词词组"伴月""将影"，烘托幽僻冷寂之境，因而对诗意之传达大有裨益。

以上分析表明，出于英语语法的要求，用英语翻译中国古典诗，一般都要将原诗中省略的句子成分一一补出，还要加上英语中应当使用的代词、介词、冠词、连接词等。这样产生的译文常常将简隽含蓄的原诗变成平铺直叙的描述，将原诗中蕴含的普遍的经验变成一时一地的个人体验。

总之，无论是从汉诗主语的隐到英诗主语的显，从汉诗人称的"出世"到英诗人称的"入世"，还是从汉诗的无我之境到英诗的有我之境，都需要译者灵活变通，有时甚至需要译者的创造，方能将翻译的损失降到最低，并保证汉诗之美的忠实传译。

第二，原词复现是原文和译文共同选用的衔接手段（如表 4-1 ～ 表 4-5 所示）。一般认为，为使篇章连贯，汉语中广泛采用的一个衔接手段就是把原词重复一下，而英语则大量运用照应，用代词替代原词。但我们发现，在唐诗翻译中情况却并非如此，例如：

举杯邀明月，对影成三人。

月既不解饮，影徒随我身。

暂伴月将影，行乐须及春。

我歌月徘徊，我舞影零乱。

举杯邀明月，对**影**成三人。

月既不解饮，**影**徒随我身。

暂伴月将**影**，行乐须及春。

我歌月徘徊，我舞**影**零乱。

为使篇章连贯，原词复现是汉语中广泛采用的一个衔接手段，这在《月下独酌》中得到了印证。诗人通过对"月""影"的复现的相互映衬、和谐浸染，成功地表达了月夜的幽寂清冷氛围、诗人孤寂的感受。诗人盛情邀明月，但明月毕竟是"不解饮"的。那么影子呢？也不能与诗人对酒当歌，开怀畅饮。译者通过原词复现，起到了烘托全诗意象的作用，点尽了诗人踽踽凉凉之感。诗人孤独到了只有邀月与影，在今后的岁月里也难以寻觅到共饮之人，无奈之下只能与月光、身影永远结游，并且相约相见于遥远的上天仙境的地步。"诗人""月""影"相依相伴，诗人歌时，月色徘徊，依依不去，似乎在倾听佳音；诗人舞时，自己的影子在月光之下，似与诗人共舞。

在以下五篇译文中，译者均使用了原词复现的手法，来突出以上的诗歌主题。

译文 1：

　　I raise my cup to invite **the moon**, who blends

　　Her light with **my shadow** and we're three friends.

　　The moon does not know how to drink her share;

　　In vain **my shadow** follows me here and there.

　　Together with them for the time I stay

　　And make merry before spring's spend away.

　　I sing **the moon** to linger with my song;

　　My shadow disperses as I dance along.

　　　　　　　　　　　　　　——许渊冲译

译文 2：

　　Raising my cup, I beckon **the bright moon**,

　　For he, with **my shadow**, will make three men.

　　The moon, alas! is no drinker of wine:

　　Listless, **my shadow** creeps about at my side.

　　Yet with **the moon** as friend and **the shadow** as slave

　　I must make merry before the Spring is spent.

　　To the songs I sing **the moon** flickers her beams;

　　In the dance I weave **my shadow** tangles and breaks.

　　　　　　　　　　　　　　—Arthur Waley

译文 3：

　　I lift the cup and invite **the bright moon**.

　　My shadow opposite certainly makes us three.

　　But **the moon** cannot drink,

　　And **my shadow** follows the motions of my body in vain.

For the briefest time are **the moon** and **my shadow** my companions.

Oh, be joyful! One must make the most of Spring.

I sing, **the moon** walks forward rhythmically;

I dance, and **my shadow** shatters and becomes confused.

—Amy Lowell

译文 4：

And lift cup to **bright moon**, ask to join me,

Then face **my shadow** and we become three.

The moon never has known how to drink,

All **my shadow** does is follow my body,

But with **moon** and **shadow** as companions a while,

This joy I find will surely last till spring.

I sing, **the moon** just lingers on,

I dance, and **my shadow** scatters wildly.

—Steven Oven

译文 5：

Then **the moon** sheds her rays on my goblet and me,

And **my shadow** betrays we're a party of three!

Thou' **the moon** cannot swallow her share of the grog,

And **my shadow** must follow wherever I jog,

Yet their friendship I'll borrow and gaily carouse,

And laugh away sorrow while spring-time allows.

See **the moon** —how she dances response to my song;

See **my shadow** —it dances so lightly along!

—Herbert A. Giles

原词复现作为语篇衔接的一种主要手段，在汉语语篇中很常见。英语语篇中原词复现的使用是作为修辞手段，而英语中原词复现的使用，其目的在于起到强调的作用[1]。有人将"叠言"（rhetorical repetition）列为美学修辞的一种。尽管累赘重复（redundancy）是修辞的大忌，但在特定情景中有意识地进行重复能起到很有力的修辞效果[2]。译文2、译文3、译文4中关于"月""影"的译文均使用原词复现手法，共计8次，与原文完全一致。这样的译法是因为原文中的重复就有强调的含义，因此在译文里就要保留下来。译文1、译文5使用原词复现6次，其余2次使用代词进行转换，如许渊冲的译文"Together with **them** for the time I stay/And make merry before spring's spend away"，翟里斯（A. Giles）的译文"Yet **their friendship** I'll borrow and gaily carouse,/And laugh away sorrow while spring-time allows."使用了意译的翻译策略，译者虽字面上没有依循原作，但其创造性的译法却有助于烘托诗人以"月""影"相伴的冷寂之境，因而大有裨益于诗意之传达。

此外，一般认为，汉语无定冠词或相当于英语定冠词"the"的指示词。英语中定冠词"the"本身虽无词义，但在语篇衔接中却用得很广泛，并起着举足轻重的作用。"the"与名词连用，指代上文已出现的物或人，以其照应作用使语篇衔接紧凑，衔接上下文。韩礼德在谈到"重复"时，曾举了一个例子：

Algy met a bear. The bear was bulgy.（阿尔吉碰见一只熊。这只熊很大。）

韩礼德认为，第一次出现的名词以"不定指"的形式出现，再次

---

[1] 参见：余立三，《英汉修辞比较与翻译》，北京：商务印书馆，1985年。

[2] 参见：范家材，《英语修辞赏析》，上海：上海交通大学出版社，1992年。

出现时以"定指"的形式介绍给读者。但在对语料的深入研究中,我们还发现这样的普遍现象,即许多回指的所指对象并不直接存在于语篇中[1]。这种现象在古诗英译中也存在。例如:

Among **the flowers** from a pot of wine:
I drink alone beneath **the bright moonshine**.

——许渊冲译

A cup of wine, under **the flowering-trees**:
I drink alone, for no friend is near.

—Arthur Waley

Drinking Alone in **the Moonlight**
A pot of wine among flowers.

—Amy Lowell

以上是全诗第一句"花间一壶酒,独酌无相亲"的译例。该句的英译中,第一次出现的"the flowers""the bright moonshine""the flowering-trees""the Moonlight"均使用了定冠词"the"。也就是说,它们回指的所指对象并不直接存在于上文的语篇中。这是汉诗英译在照应这一语篇衔接手段上的特点之一。

综上所述,汉英两种语言的部分语篇衔接手段在诗歌语篇中的使用各有所重:省略是汉语的常用语篇衔接手段之一,而英语则更常用照应;在汉诗英译中,原词复现是汉语和英语共用的语篇衔接手段,这是由于诗歌语篇的特性所决定的。

此外,语篇中有无衔接手段只是鉴别其语篇性的因素之一,是语篇表层结构的连贯。语篇性在更大程度上取决于语篇语义的连贯。只有语

---

[1] 李春蓉,《语篇回指对比与翻译》,成都:四川大学出版社,2015年,第80-81页。

篇中的深层语义具有逻辑联系时,表层的衔接手段方有可能和有用。换言之,表层的衔接手段的最终目的是成就语篇中的深层语义。

4.1.2 衔接手段英译策略

从《月下独酌》原文与英译文的比较可以发现,译文与原文的衔接手段既有相同之处,也有相异之处。这就要求译者在翻译时采用不同的翻译策略。据此,我们把衔接手段英译策略分为两类:(1)沿袭原文的衔接手段;(2)改变原文的衔接手段。

第一,沿袭原文的衔接手段。

沿袭原文的衔接手段有利于使源语语篇和译语语篇在转换上达到形式和意义的完全对等,实现篇章的连贯,更好地传达作者的交际意图。在汉诗英译中,为了强调某种感情以加强读者的印象,或者为了突出某个意象并形成优美的诗歌韵律,常常使用原词复现的手法。在以下五篇译文中,译者沿袭原文的衔接手段,均使用了原词复现的手法来突出诗歌主题。例如:

译文1:

> I raise my cup to invite **the moon**, who blends
> Her light with **my shadow** and we're three friends.
> **The moon** does not know how to drink her share;
> In vain **my shadow** follows me here and there.
> Together with them for the time I stay
> And make merry before spring's spend away.
> I sing **the moon** to linger with my song;
> **My shadow** disperses as I dance along.

——许渊冲译

译文 2：

　　Raising my cup, I beckon **the bright moon**,
　　For he, with **my shadow**, will make three men.
　　The moon, alas! is no drinker of wine:
　　Listless, **my shadow** creeps about at my side.
　　Yet with **the moon** as friend and **the shadow** as slave
　　I must make merry before the Spring is spent.
　　To the songs I sing **the moon** flickers her beams;
　　In the dance I weave **my shadow** tangles and breaks.

　　　　　　　　　　　——Arthur Waley

译文 3：

　　I lift the cup and invite **the bright moon**.
　　My shadow opposite certainly makes us three.
　　But **the moon** cannot drink,
　　And **my shadow** follows the motions of my body in vain.
　　For the briefest time are **the moon** and **my shadow** my companions.
　　Oh, be joyful! One must make the most of Spring.
　　I sing, **the moon** walks forward rhythmically;
　　I dance, and **my shadow** shatters and becomes confused

　　　　　　　　　　　——Amy Lowell

译文 4：

　　And lift cup to **bright moon**, ask to join me,
　　Then face **my shadow** and we become three.
　　The moon never has known how to drink,
　　All **my shadow** does is follow my body,

But with **moon** and **shadow** as companions a while,

This joy I find will surely last till spring.

I sing, **the moon** just lingers on,

I dance, and **my shadow** scatters wildly.

—Steven Oven

译文 5：

Then **the moon** sheds her rays on my goblet and me,

And **my shadow** betrays we're a party of three!

Thou' **the moon** cannot swallow her share of the grog,

And **my shadow** must follow wherever I jog,

Yet their friendship I'll borrow and gaily carouse,

And laugh away sorrow while spring-time allows.

See **the moon**—how she dances response to my song;

See **my shadow**—it dances so lightly along!

—Herbert A. Giles

第二，改变原文的衔接手段。

改变原文的衔接手段指的是源语语篇和译语语篇的衔接手段不对等。翻译时，不拘泥于原文使用的衔接手段和相互间的照应关系，重点抓住原文所表达的语义，选用适合的英语衔接手段，使翻译一气呵成。例如：

I raise my cup to invite **the moon**, who blends

Her light with my shadow and we're three friends.

——许渊冲译

Raising my cup, I beckon **the bright moon**,

For **he**, with my shadow, will make three men.

—Arthur Waley

以上是"举杯邀明月，对影成三人"的译文。对比原诗不难发现，原诗中并没有出现由衔接手段构成的照应关系，因为原诗使用了省略的手法。在翻译的时候，根据英语的语言习惯必须完善省略的成分，"（我）举杯邀明月，（我、明月）对影成三人。"两个译文相较，从衔接手段的形式上看，韦利的译文使用人称代词"he"，重现了原诗的照应。而许渊冲的译文使用物主代词"her"，重现原诗的照应。可见，汉诗中常用省略使语言显得简洁明快，别有情味。在英译的时候则采用代词照应的策略，对原诗中的省略进行完善，形成连贯的诗歌语篇，帮助译文读者理解。

汉语注重语义，由于汉语的"隐"的特点，连接手段并不是唐诗的常用衔接手段。而连接手段的使用则是英语的重要特点之一。因此，在汉诗英译中，有时就有必要使用连接手段。例如：

译文1：

Drinking alone by Moonlight

A cup of wine, under the flowering-trees:

I drink alone, for no friend is near.

Raising my cup, I beckon the bright moon,

For he, with my shadow, will make three men.

The moon, alas! is no drinker of wine:

Listless, my shadow creeps about at my side.

Yet with the moon as friend and the shadow as slave

I must make merry before the Spring is spent.

To the songs I sing the moon flickers her beams;

In the dance I weave my shadow tangles and breaks.

While we were sober, three shared the fun;

Now we are drunk, each goes his way.

May we long share our odd, inanimate feast,

And meet at last on the Cloudy River of the Sky.

—Arthur Waley

译文 2：

Drinking Alone in the Moonlight

A pot of wine among flowers.

I alone, drinking, without a companion.

I lift the cup and invite the bright moon.

My shadow opposite certainly makes us three.

But the moon cannot drink,

And my shadow follows the motions of my body in vain.

For the briefest time are the moon and my shadow my companions.

Oh, be joyful! One must make the most of Spring.

I sing, the moon walks forward rhythmically;

I dance, and my shadow shatters and becomes confused.

In my waking moments we are happily blended.

When I am drunk, we are divided from one another and scattered.

For a long time I shall be obligated to wander without intention.

But we will keep our appointment by the far-off Cloudy River.

—Amy Lowell

分析以上译文，我们发现：译文中使用连接词衔接句子，如"For, Yet, While, Now, But, When"。这些衔接手段的使用，既实现了语法结构上的完整，同时又补充了一些新的情况。如前所述，从语言组织法的角度来说，英语多用"形合"，即在句法形式上使用连接词将句子（分句）衔接起来，而汉语多用"意合"，即靠意义上的衔接而不一定依赖连接词。因此，在译诗中出现以上连接词的使用符合英汉语言组织法的特点。汉诗是注重运用语义达到连贯目的的语言形式，也就是说，汉诗的连贯主要由其深层语义宏观结构决定，而不仅仅是显性的语篇衔接手段。汉诗英译时，我们应根据具体的情况，使用英语显性的语篇衔接手段进行翻译，最大限度地符合英语的表达习惯。

语篇衔接观照下的翻译策略认为，是否保留原文的衔接手段，取决于译文能否准确忠实地传达原文的意思。由于英汉两种语言在词序和衔接手段方面的差异，往往无法完整保留原文的衔接手段。这时译者应适时改变译文的衔接手段来进行翻译转换。

4.1.3 源语与俄译的衔接手段对比分析

从语言形态学分类来看，俄语属于综合型语言，英语是从综合型向分析型语言发展的语言，而汉语却是分析型为主的语言。所谓综合型语言，是指这种语言主要通过词本身的形态变化来表达语法意义。而分析型语言则是指语言的语法关系主要不是通过词本身的形态来表示，而是通过虚词、词序等手段来表示。因此，汉语没有时态、语态、性和数的字形变化，这样的特征在诗歌中尤其突出。此外，汉诗往往不拘人称，词语可以倒置，词性也可灵活运用。英语注意分辨词性和语法关系，如主语的人称和数决定谓语动词的变化、时态、语态及代词、介词、冠词和连接词的使用等。但是，现代英语中，名词已经失去了"性"和若干"格"的形态变化，形容词也失去了与所修饰的名词之间的性、数、格、时等方面的一致形式，也就是说，形容词与名词的搭配不再要求性、数、格的一致。另外，英语的词序也逐渐固定下来，与汉语句子的词序已经基本相似。俄语则保留了英语已经失去的这些语法特征，是一种典型的屈折语。俄语可以根据交际目的的需求改变句子成分的顺序，即在俄语中可以通过改变词序形成许多交际类型。

如前所述，唐诗省略句子成分的实例大量存在。这固然体现了唐诗含蓄、简洁的美学特征，但却给翻译者出了许多难题。在讨论了唐诗衔接手段英译的基础上，下面我们将关注衔接手段俄译的具体情况。

首先，我们以《月下独酌》为例，对语篇衔接手段在其汉俄文中的分布进行分析（表4-6～表4-10）。

表4-6　语篇衔接手段在汉俄文中的分布（吉多维奇译）

语种	衔接手段					
	照应	替代	省略	连接	原词复现	总计
汉语	0	0	10	3	8	21
俄语	1	0	3	10	8	22

表4-7　语篇衔接手段在汉俄文中的分布（托洛普采夫译）

语种	衔接手段					
	照应	替代	省略	连接	原词复现	总计
汉语	0	0	10	3	8	21
俄语	0	0	2	5	6	13

表4-8　语篇衔接手段在汉俄文中的分布（马特维耶夫译）

语种	衔接手段					
	照应	替代	省略	连接	原词复现	总计
汉语	0	0	10	3	8	21
俄语	0	0	10	3	7	20

表 4-9 语篇衔接手段在汉俄文中的分布（达夫列特巴耶夫译）

语种	衔接手段					
	照应	替代	省略	连接	原词复现	总计
汉语	0	0	10	3	8	21
俄语	1	1	2	9	6	19

表 4-10 语篇衔接手段在汉俄文中的分布（米谢廖科夫译）

语种	衔接手段					
	照应	替代	省略	连接	原词复现	总计
汉语	0	0	10	3	8	21
俄语	0	0	5	3	8	16

我们主要对比研究原文和五篇译文的五种语篇衔接手段，即照应、替代、省略、连接及原词复现。研究发现，俄语译文中使用了照应、替代这两种衔接手段，汉语原文中没有使用；虽然省略、连接及原词复现是原文和译文共有的衔接手段，但三者在汉俄文中的分布情况却存在明显差异。

第一，原文中没有出现衔接手段照应，译文中有使用。如：

И тень, хотя всегда за мной

Последует **она**?

——А.И.Гитович

Среди цветов кувшин вина

Я пью с собой наедине,

Но вот в бокал вошла луна,

И тень присела вместе с **ней**.

——М.Р.Давлетбаев

Я зазываю так упорно -

Дразню заманчивым кувшином...

Но нет - куражится **она**.

—Венедикт Март

所选五篇俄文译文中三篇译文出现了人称照应，总计 3 次，但未见指示照应和比较照应。由此可见，照应并不是俄语诗歌语篇的主要衔接手段。

原文没有使用替代，五篇译文中也只出现了一次替代。如：

И **так** всегда - всю жизнь один,

Случайный взлет, случайный крах,

И радость, длившись миг один,

Бесследно тает в облаках.

—М.Р.Давлетбаев

第二，原文多用省略来衔接上下文以达到语篇连贯的目的，省略也是俄语译文的常用衔接手段。原因在于，俄语属于综合型语言，主要通过词本身的形态变化来表达语法意义。现代俄语仍然保留了丰富的性、数、格、时等方面的屈折变化。动词的变位允许主语省略的存在，而不影响语义的表达。这导致了俄语译文中大量主语省略的存在。与英汉语相较，俄语的词序更为灵活。以上特点体现了俄诗含蓄、简洁的美学特征。在统计的五篇译文中，共出现省略 22 次。其中马特维耶夫（А. Матвеев）的译文表现最为突出，共出现省略 10 次。如例所示：

Пьяница под луной

Между цветов - （谓语省略）одинокий чайник вина

С пьяницей рядом близких нет никого

（主语省略）Поднял стакан, （主语省略）приглашаю выпить луну

Да еще тень - вот и（主语省略）будем теперь втроем

Жалко, луна совсем не умеет пить

Попусту тень повторяет движенья мои

Тень да луна стали товарищи мне

Чтоб разделить эту радость весенних ночей

Песню（主语省略）запел - улыбается мне луна

В танец（主语省略）пошел - пляшет со мною тень

Вместе теперь（主语省略）веселимся, пока（主语省略）хмельны

А как（主语省略）усну - （主语省略）разойдемся, расстанемся…

Странники в мире, навечно связаны мы

Встретимся вновь на бескрайней Звездной Реке.

—А.Матвеев

马特维耶夫的译文共出现了10次省略，其中包括谓语省略一次，主语省略9次。俄文译文的主语可以省略是由于俄语动词的变位，人称不出现，同样可以准确辨析语义。我们把马特维耶夫的译文与原诗进行对比：

《月下独酌》

花间（谓语省略）一壶酒，（主语省略）独酌无相亲。

（主语省略）举杯邀明月，（主语省略）对影成三人。

月既不解饮，影徒随我身。

（主语省略）暂伴月将影，（主语省略）行乐须及春。

我歌月徘徊，我舞影零乱。

（主语省略）醒时同交欢，（主语省略）醉后各分散。

（主语省略）永结无情游，（主语省略）相期邈云汉。

经过对比，我们发现了一个很有趣的现象。原文诗篇中也出现了10次省略，其中包括9次主语省略和1次谓语省略。原文和译文在省略上完全一致。这一方面说明这两种语言可以用不同的语言手段来达到诗歌语篇形式的一致，另一方面也表现出译者深究原诗特点，并精益求精地、最大限度地在诗歌形式上进行转换，彰显出译者对汉语古诗人称的"隐"的深刻理解。其他的译者也采用相似的手法进行翻译，例如：

译文 1：

> Среди цветов поставил я
>
> Кувшин в тиши ночной
>
> И одиноко（*主语省略*）пью вино,
>
> И друга нет со мной.
>
> ——А.И.Гитович

译文 2：

> Между цветов - одинокий чайник вина
>
> С пьяницей рядом близких нет никого
>
> （*主语省略*）Поднял стакан, （*主语省略*）приглашаю выпить луну
>
> ——А.Матвеев

译文 3：

> Среди цветов стоит кувшин вина,
>
> Я пью один, нет никого со мною.
>
> （*主语省略*）Взмахну бокалом - приходи, луна!
>
> ——С.А.Торопцев

总之，缘于俄语语法的特点，译者在用俄语翻译中国古典诗时，倾向于使用主语省略的手法来转换汉诗省略的特点。这样产生的译文常常能保持汉诗简洁的美学特征和简隽含蓄的特点。这种从汉诗主语的隐到俄诗主语的隐的转换，通过译者的灵活变通，将翻译的损失降到了最低，并保证了汉诗之美的忠实传译。

第三，原词复现是原文和译文共同选用的衔接手段（如表 4-6～表 4-10 所示）。为使篇章连贯，原词复现是汉语中广泛采用的一个衔接手段，这在《月下独酌》中得到了印证。诗人通过对"月""影"的词语复现的相互映衬、和谐浸染，成功地表达了月夜的幽寂清冷氛围、诗人孤寂的感受。诗人与"月""影"相依相伴，诗人歌时，月色徘徊，依依不去，似乎在倾听佳音；诗人舞时，自己的影子在月光之下，似与诗人共舞。

例如：

举杯邀**明月**，对影成三人。

月既不解饮，影徒随我身。

暂伴**月**将影，行乐须及春。

我歌**月**徘徊，我舞影零乱。

举杯邀明月，对**影**成三人。

月既不解饮，**影**徒随我身。

暂伴月将**影**，行乐须及春。

我歌月徘徊，我舞**影**零乱。

索尔加尼克认为，单纯的原词复现在俄语里使用是很有限的，因为它与俄语修辞规范相抵触：修辞讲求言语表达的多样性[1]。洛谢娃的观点和索尔加尼克大体相同，她认为原词复现具有两大功能：作为句际连接手段和作为语义修辞手段。她所说的句际连接手段即语篇衔接功能，修辞手段是指使言语获得表现力的功能。洛谢娃还认为，没有原词复现的使用，就无法实现言语的逻辑连贯，原词复现的使用和言语的组织紧

---

[1] Солганик Г. Я. Синтаксическая стилистика. М.：ЛКИ, 1973/2007, С. 54.

密相连[1]。俄语原词复现的这一特点在唐诗翻译中得到了充分的体现，例如：

译文 1：

> Но в собутыльники **луну**
>
> Позвал я в добрый час,
>
> И **тень** свою я пригласил -
>
> И трое стало нас.
>
> Но разве, - спрашиваю я, -
>
> Умеет пить **луна**?
>
> И **тень**, хотя всегда за мной
>
> Последует она?
>
> А **тень** с луной не разделить,
>
> И я в тиши ночной
>
> Согласен с ними пировать,
>
> Хоть до весны самой.
>
> Я начинаю петь - и в такт
>
> Колышется **луна**,
>
> Пляшу - и пляшет **тень** моя,
>
> Бесшумна и длинна.
>
> ——А.И.Гитович

译文 2：

> Чарку к небу тяну
>
> и тебя приглашаю, **луна**,
>
> Да ещё свою **тень** -

---

[1] Лосева Л. М. Как строится текст. М. : Издательство Просвещение, 1980, С. 42.

на троих бы нам выпить, ей‑ей!

Но земного вина

не отведать небесной **луне**,

Тень, как глупый школяр,

повторяет движенья за мной.

Лишь на время **луна**

тень дала в сотоварищи мне,

Чтоб веселья пора

продолжалась вослед за весной.

Принимаюсь я петь,

и **луну** начинает мутить,

Принимаюсь плясать,

тень кривляется‑просто беда.

—Бориса Мещеряков

译文 3:

Поднял стакан, приглашаю выпить **луну**

Да еще **тень** ‑ вот и будем теперь втроем

Жалко, **луна** совсем не умеет пить

Попусту **тень** повторяет движенья мои

Тень да **луна** стали товарищи мне

Чтоб разделить эту радость весенних ночей

Песню запел ‑ улыбается мне **луна**

В танец пошел ‑ пляшет со мною **тень**

Вместе теперь веселимся, пока хмельны

—А.Матвеев

译文 4：

　　Взмахну бокалом - приходи, **луна**!

　　Ведь с **тенью** нас и вовсе будет трое.

　　Луна, конечно, не умеет пить,

　　Тень лишь копирует мои движенья,

　　И все - таки со мною разделить

　　Помогут мне весеннее броженье.

　　Луна шалеет от моих рулад,

　　А **тень** сбивают с ног мои коленца,

——С.А.Торопцев

译文 5：

　　Но вот в бокал вошла **луна**,

　　И **тень** присела вместе с ней.

　　Но не умеет пить **луна**,

　　И **тень** напрасно стелет след,

　　Да черти с ними - не беда -

　　Пьянит меня весенний цвет!

　　И я пою - **луна** кружит,

　　Танцую - **тени** ходят впляс,

——М.Р.Давлетбаев

可见，作为句际连接手段和作为语义修辞手段，原词复现在汉诗俄译中很常见。这种语篇衔接功能既能实现语篇的连贯，又能实现诗歌的表现力。米谢廖科夫（Б. Мещеряков）关于"月""影"的译文最大限度地与原诗保持一致，共计 8 次。其余译文虽略有减少，但均保持在 6 次以上。这样的译法是因为原文中的原词复现就有强调的含义，因此在译文里就要保留下来。达夫列特巴耶夫（М. Р. Давлетбаев）的译文使用原词复现 6 次，其余 2 次使用代词进行转换，即"Да черти с ними - не беда - /Пьянит меня весенний цвет！"托洛普采夫的译文"И все - таки со мною разделить/Помогут мне весеннее броженье."使用了意译的翻译策略，虽字面上没有出现"月""影"或代词，但其译法同样有助于烘托诗的意境。

如前所述，英语中定冠词"the"本身虽无词义，但在语篇衔接中却用得很广泛，并起着举足轻重的作用。"the"与名词连用，指代上文已出现的物或人，以其照应作用使语篇衔接紧凑，衔接上下文。而汉语和俄语则无定冠词或相当于英语定冠词"the"的指示词。例如：

原文：

举杯邀**明月**，对**影**成三人。
月既不解饮，**影**徒随我身。
暂伴**月**将**影**，行乐须及春。
我歌**月**徘徊，我舞**影**零乱。

举杯邀明月，对**影**成三人。
月既不解饮，**影**徒随我身。
暂伴月将**影**，行乐须及春。
我歌月徘徊，我舞**影**零乱。

英译：

I raise my cup to invite **the moon**, who blends
Her light with **my shadow** and we're three friends.
The moon does not know how to drink her share;
In vain **my shadow** follows me here and there.
Together with them for the time I stay

And make merry before spring's spend away.

I sing **the moon** to linger with my song;

My shadow disperses as I dance along.

——许渊冲译

俄译：

Поднял стакан, приглашаю выпить **луну**

Да еще **тень** - вот и будем теперь втроем

Жалко, **луна** совсем не умеет пить

Попусту **тень** повторяет движенья мои

Тень да **луна** стали товарищи мне

Чтоб разделить эту радость весенних ночей

Песню запел - улыбается мне **луна**

В танец пошел - пляшет со мною **тень**

Вместе теперь веселимся, пока хмельны

—А.Матвеев

从这组汉英俄互译的例子可以看出，在俄语和汉语中可以使用原词复现构成照应，但英语却不行，在英语中一定要用"the"或物主代词这样的特指词加上名词形式来形成照应。英语照应的构成主要有两类：(1) the+ 名词中心词；(2) 物主代词+名词中心词，而俄语和汉语均采用原词复现来照应。

4.1.4 衔接手段俄译策略

从《月下独酌》原文与俄译文的比较发现，译文与原文的衔接手段既有相同之处，也有相异之处。这决定了译者在翻译时需要采用不同的翻译策略。据此，我们把衔接手段俄译策略分为以下两类。

第一，沿袭原文的衔接手段。

沿袭原文的衔接手段有利于使源语语篇和译语语篇在转换上达到形式和意义的完全对等，实现篇章的连贯，更好地传达作者的交际意图。例如：

在以下五篇译文中，译者沿袭原文的衔接手段，均使用了原词复现的手法来突出诗歌主题。

译文 1：

> Но в собутыльники **луну**
>
> Позвал я в добрый час,
>
> И **тень** свою я пригласил –
>
> И трое стало нас.
>
> Но разве, – спрашиваю я, –
>
> Умеет пить **луна**?
>
> И **тень**, хотя всегда за мной
>
> Последует она?
>
> А **тень** с луной не разделить,
>
> И я в тиши ночной
>
> Согласен с ними пировать,
>
> Хоть до весны самой.
>
> Я начинаю петь – и в такт
>
> Колышется **луна**,
>
> Пляшу – и пляшет **тень** моя,
>
> Бесшумна и длинна.
>
> —А.И.Гитович

译文 2：

    Чарку к небу тяну

    и тебя приглашаю, **луна**,

    Да ещё свою **тень** -

    на троих бы нам выпить, ей - ей!

    Но земного вина

    не отведать небесной **луне**,

    Тень, как глупый школяр,

    повторяет движенья за мной.

    Лишь на время **луна**

    тень дала в сотоварищи мне,

    Чтоб веселья пора

    продолжалась вослед за весной.

    Принимаюсь я петь,

    и **луну** начинает мутить,

    Принимаюсь плясать,

    тень кривляется - просто беда.

                         ——Бориса Мещеряков

译文 3：

    Поднял стакан, приглашаю выпить **луну**

    Да еще **тень** - вот и будем теперь втроем

    Жалко, **луна** совсем не умеет пить

    Попусту **тень** повторяет движенья мои

    Тень да **луна** стали товарищи мне

    Чтоб разделить эту радость весенних ночей

Песню запел – улыбается мне **луна**

В танец пошел – пляшет со мною **тень**

Вместе теперь веселимся, пока хмельны

—А.Матвеев

译文 4：

Взмахну бокалом – приходи, **луна**！

Ведь с **тенью** нас и вовсе будет трое.

Луна, конечно, не умеет пить,

Тень лишь копирует мои движенья,

И все – таки со мною разделить

Помогут мне весеннее броженье.

Луна шалеет от моих рулад,

А **тень** сбивают с ног мои коленца,

—С.А.Торопцев

译文 5：

Но вот в бокал вошла **луна**,

И **тень** присела вместе с ней.

Но не умеет пить **луна**,

И **тень** напрасно стелет след,

Да черти с ними – не беда –

Пьянит меня весенний цвет!

И я пою – **луна** кружит,

Танцую – **тени** ходят впляс,

—М.Р.Давлетбаев

另外，俄语译文使用省略来转换原文的省略。例如：

原文：

《月下独酌》

花间（*谓语省略*）一壶酒，（*主语省略*）独酌无相亲。

（*主语省略*）举杯邀明月，（*主语省略*）对影成三人。

月既不解饮，影徒随我身。

（*主语省略*）暂伴月将影，（*主语省略*）行乐须及春。

我歌月徘徊，我舞影零乱。

（*主语省略*）醒时同交欢，（*主语省略*）醉后各分散。

（*主语省略*）永结无情游，（*主语省略*）相期邈云汉。

译文：

Пьяница под луной

Между цветов - （*谓语省略*）одинокий чайник вина

С пьяницей рядом близких нет никого

（*主语省略*）Поднял стакан,（*主语省略*）приглашаю выпить луну

Да еще тень - вот и（*主语省略*）будем теперь втроем

Жалко, луна совсем не умеет пить

Попусту тень повторяет движенья мои

Тень да луна стали товарищи мне

Чтоб разделить эту радость весенних ночей

Песню（*主语省略*）запел - улыбается мне луна

В танец（*主语省略*）пошел - пляшет со мною тень

Вместе теперь（*主语省略*）веселимся, пока（*主语省略*）хмельны

А как（*主语省略*）усну -（*主语省略*）разойдемся, расстанемся...

Странники в мире, навечно связаны мы

Встретимся вновь на бескрайней Звездной Реке.

—А.Матвеев

原文和译文在省略的使用上完全一致。这表现出译者深究原诗特点，并精益求精地、最大限度地在诗歌形式上进行了转换。

第二，改变原文的衔接手段。

改变原文的衔接手段指的是源语语篇和译语语篇的衔接手段不对等。例如，原文中没有出现衔接手段照应，在译文中有使用。

И тень, хотя всегда за мной
Последует **она**?

—А.И.Гитовича

Среди цветов кувшин вина
Я пью с собой наедине,
Но вот в бокал вошла луна,
И тень присела вместе с **ней**.

—М.Р.Давлетбаев

Я зазываю так упорно -
Дразню заманчивым кувшином...
Но нет - куражится **она**.

—Венедикт Март

原文没有使用替代，译文使用了替代。如：

И **так** всегда - всю жизнь один,
Случайный взлет, случайный крах,
И радость, длившись миг один,
Бесследно тает в облаках.

—М.Р.Давлетбаев

语篇衔接观照下的翻译策略认为，是否保留原文的衔接手段，取决于译文能否准确忠实地传达原文的语义。由于俄语的语言特点，俄汉两种语言在衔接手段方面的差异小于英汉语之间的差异。因此，进行翻译转换时，俄译文对原文衔接手段的保留多于英译文。

4.2 英译与俄译的衔接手段对比分析

为了进一步凸显汉英俄语在语篇衔接手段上的同与异，在以上研究的基础上，我们把五篇英译文、五篇俄译文的衔接手段进行对比分析（表 4-11～表 4-13）。

表 4-11　语篇衔接手段在原文中的分布

分类	衔接手段					
	照应	替代	省略	连接	原词复现	总计
汉语	0	0	10	3	8	21

表 4-12　语篇衔接手段在五篇英译文中的分布

分类	衔接手段						
	照应	替代	省略	连接	原词复现	总计	总平均
英语	31	0	7	14	38	90	18
类平均	6.2	0	1.4	2.8	7.6		

表 4-13　语篇衔接手段在五篇俄译文中的分布

分类	衔接手段						
	照应	替代	省略	连接	原词复现	总计	总平均
俄语	1	1	23	30	35	90	18
类平均	0.2	0.2	4.6	6	7		

以上数据分析再次验证了我们先前的研究结果：汉英俄诗歌语篇均使用衔接手段来达到语篇连贯的目的，而且使用的衔接手段数量相近（汉语原文 21 次，英译文和俄译文平均各 18 次）。但汉英俄诗歌语篇

在各种衔接手段的使用频率上具有以下特点：

第一，照应是英语语篇大量使用的语篇衔接手段（平均6.2次），汉俄语篇则较少使用照应（俄语平均0.2次，汉语则未出现）；

第二，汉英俄诗歌语篇均不倾向于使用替代（汉英语均未出现替代的使用，俄语也仅出现了一次）；

第三，省略是汉俄常用的语篇衔接手段（汉语总计10次，俄语平均使用4.6次），英语则少用省略（平均使用1.4次）；

第四，汉语和英语少用连接词（汉语总计3次，俄语平均使用2.8次），俄语在连接词上的使用高于汉英语（平均使用6次）；

第五，汉英俄诗歌语篇原词复现的使用大同小异。

以上汉英俄诗歌语篇衔接手段的异同对比表明：语言之间存在着共同点，同时也存在许多不同点。这些异同就是我们在进行翻译转换时需要遵循的规律。

总之，对于怎样翻译汉语诗歌的衔接手段，应多方面考虑，不能一概而论。翻译时，既不能机械地生搬硬套原文的衔接手段，也不应片面地改变原文的衔接手段。尽管译事艰难，我们仍应做到根据汉英俄三种语言在衔接手段方面的同与异来选择适合译文的衔接手段。

4.3 小结

本章对《月下独酌》及其英译文、俄译文中部分语篇衔接手段做了统计及对比分析。研究发现，汉英俄三种语言在语篇衔接手段的使用上既有相同之处，也各有所偏重：省略是汉语和俄语的常用语篇衔接手段之一，而英语则更常用照应，这是由语言的语法特点和语言组织特点所决定的。原词复现是三种语言共用的语篇衔接手段，这是由诗歌语篇的特性所决定的。

语篇衔接观照下的翻译研究把衔接手段翻译策略分为两类：（1）沿袭原文的衔接手段；（2）改变原文的衔接手段。研究认为，是否保留原文的衔接手段，取决于译文能否准确忠实地传达原文的意思。由于语言在词序和衔接手段方面的差异，在无法完整保留原文的衔接手段时，译者应适时改变译文的衔接手段来进行翻译转换。

5 结论

语篇语言学的兴起和发展对翻译理论与实践的发展起到了巨大的推动作用。国内从语篇语言学的视角进行翻译研究的语料可谓种类繁多，涵盖文学类翻译和信息类翻译（包括法律语篇、科技语篇、政论语篇、旅游语篇等）。虽然有少数学者从诗歌翻译的角度进行了语篇语言学的翻译研究，但研究还有待深入。就研究现状来看，从语篇语言学的视角对多语种的唐诗外译进行对比研究的成果还很鲜见。

语篇语言学认为，语篇功能指的是人们在使用语言时怎样把信息组织好，同时表明一条信息与其他信息之间的关系。语言的语篇功能由以下三个语义系统构成：主位结构、信息结构、衔接系统。语篇功能是汉英俄三种语篇的共有功能。汉语是分析型为主的语言，语言中的语法手段主要是通过虚词、词序来表示；俄语是综合型语言，具有丰富的屈折变化，主要通过词本身的形态变化来表达语法意义；现代英语则是从综合型向分析型语言发展的语言。因此，这三种语言在语篇功能的体现形式上是有差别的。

语篇功能贯穿诗歌的各个组成部分，让分散的意象及其内涵融为一个整体，实现全诗的整合性和完整性。本研究分别从主位结构、信息结构、衔接系统这三个方面具体分析了唐诗的俄译本和英译本，探究了语篇功能理论在唐诗翻译方面的适用性和可操作性，并进一步探讨了本研究对翻译的启示。

本研究对比研究俄英汉三种语言的语篇功能的目的在于深入地认识这三门语言的主要特点，认识外在的语言形式所体现的内在的语言民族性，在此基础上探讨本研究对于翻译的启示。本研究以实例为依托，从主位结构、信息结构、衔接系统这三个方面具体分析了唐诗的俄译本和英译本。在结合原文和译文对比译例分析描述的基础上，本研究得出如下结论。

第一，译语语篇保留源语语篇的主位结构可以最大限度地传达源语语篇的信息。源语语篇语言结构与发话者传递的信息密切相关。源语语篇与译语语篇在主位结构选择方面的差异导致译语语篇传递源语语篇信息的差别。因此，从语篇功能对等的角度来考虑，译语语篇的主位结构越接近源语语篇的结构，就越能够忠实地传递源语语篇所承载的信息。就英汉两种语言而言，英语句子的语序相对固定，主语多位于句首，而汉语句子的句首多出现话题。处于无标记状态时，英语句子的主位和主语是重合的，汉语句子的主位基本上就是话题。有研究表明，汉语这种话题突出的语言，其句法结构从本质上讲更趋向于"主位+述位"这种信息结构。因此，从语篇的主位结构这一层面讲，英、汉两种语言具有良好的转换基础。

第二，根据主语和主题在句子组织中的地位，语言可以分为主语显著、主题显著、主语主题都不显著和主语主题都显著四种类型。一般认为，英语和俄语是主语显著的语言，而汉语则是主题显著的语言。在主语显著的语言里，句子的基本结构是以主语和谓语的形式出现的。而在主题显著的语言中，这种主谓关系并不总是很容易识别。汉语的这一特点导致唐诗"无我之境"的产生。同时，作为主语显著的语言，在进行解释性翻译时，英语不可避免会出现人称的形式。这就是造成英文译诗把由谓语充当的有标记主位转换为由主语充当的无标记主位的原因。俄语由于丰富的屈折变化，则可以出现主语省略的现象。

第三，源语语篇与译语语篇的主位结构转换分为三种类型：（1）完全对等；（2）不完全对等；（3）不对等。据此，我们把主位结构翻译策略分为三类：（1）沿袭原文的主位结构；（2）部分调整原文主位结构；（3）改变原文主位结构。主位结构观照下的翻译策略认为，在不违背目的语语篇规律的基础上，译者应尽量保留原文的主位结构，以便准确忠实地传达原文的意思。由于汉英俄语言在句式、语法、表达习惯等方面存在差异，当无法完整保留原文的主位结构时，译者应具体问题具体分析，适时地部分调整或完全改变主位结构。

第四，研究认为，就出现顺序而言，已知信息既可以在新信息之前出现，也可以在新信息之后出现。这一点与实义切分理论的观点相悖，即主位必须先于述位。在缺乏上下文和特定语境的诗歌语篇中，语篇信息还可以由词序、衔接关系来表示。这是因为主位的切分离不开句子成分的先后顺序，信息结构的划分则可以由词序和衔接方式来决定。我们在诗歌的主位信息分布中有了以下发现：（1）主位表示已知信息；（2）主位表示新信息；（3）主位起衔接作用。在述位信息分布中有了以下发现：（1）述位表示已知信息；（2）述位表示新信息；（3）述位表示新信息＋已知信息。

我们认为，信息分已知信息和新信息两种，这是毋庸置疑的。但就主位结构和信息结构的关系而言，主位并不等同于已知信息，述位也不一定就是新信息。在诗歌语篇的分析中，我们还发现，主位可以只起衔接的作用，而不表示任何信息。此外，诗歌语篇中主位大多表示新信息，这是由诗歌语篇的语言特点决定的，即诗歌语篇中上下文和语境的缺失，而上下文和语境是语篇已知信息和新信息的重要判断依据。

第五，源语语篇与译语语篇的信息结构转换分为三种类型：（1）完全对等；（2）不完全对等；（3）不对等。据此，我们把信息结构翻译策略分为三类：（1）沿袭原文的信息结构；（2）部分调整原文信息结构；（3）改变原文信息结构。主述位信息结构观照下的翻译策略认为，是否保留原文的主述位信息结构，取决于译文能否准确忠实地传达原文的意思。由于语言在词序和衔接手段方面存在差异，往往无法完整保留原文的主述位信息结构。这时译者应根据信息中心的原则，适时地部分调整或完全改变主述位结构来传达原文的信息中心。

第六，我们在诗歌俄译的主述位信息分布中有了以下发现：（1）主位表示已知信息；（2）主位表示新信息；（3）已知信息+新信息。在述位信息分布中有了以下发现：（1）述位表示新信息；（2）述位表示已知信息+新信息；（3）述位表示衔接成分+已知信息+新信息；（4）述位表示已知信息+新信息+已知信息。在诗歌俄译的分析中，我们还发现了述位结构的多样性。与英语译文相同，俄译语篇中主位大多表示新信息，这是由诗歌语篇的语言特点决定的，即诗歌语篇中上下文和语境的缺失，而上下文和语境是语篇已知信息和新信息的重要判断依据。

第七，源语语篇的主位推进模式在很大程度上体现了作者的交际意图和写作思路。主位推进模式中的主位同一型、集中型、延续型及交叉型能够帮助译者更全面、更准确地理解原文。在翻译过程中，译者保持译文结构与原文结构的主位推进模式，就能使译文忠实于原文的信息结构。主位推进模式在翻译中的应用有助于理解语篇的整体含义，做到翻译时译文与原文整体对应，从而保障译文质量。在语篇翻译中，译者只有在译文中再现或重建原文的主位推进模式，才能产生与原文相近的语篇效果，即源语语篇的主位推进模式所体现的语篇目的和整体语篇效果。我们在探讨翻译中源语和译语间主位推进模式的转换规律的基础上，提出主位推进模式的翻译策略。研究表明，顺应源语主位推进模式有助于构建衔接得当、语义连贯的译文，再现原文信息结构所产生的交际效果。

第八，不同语言的语法特点决定其衔接手段的使用倾向。在语法上，英语语法和俄语语法是显性的，而汉语的语法则是隐性的。语法上所谓的显性和隐性取决于有没有外在的形式上的标志。俄语是一种典型的屈折语，具有丰富的形态变化。英语在历史上曾经是一种形态丰富的语言，但随着历史的发展，英语已经逐渐从综合型向分析型演变。而汉语由于文字体系的关系，不可能存在形态的变化。关于这一点，德国语言学家洪堡特曾指出：在汉语里，与隐藏的语法相比，明示的语法所占的比例是极小的。汉语的语法特点导致汉语在表达上富有弹性，许多逻辑关系靠意义来表达，语法处于次要地位。例如，汉语的省略只求达意，不考虑语法，甚至不考虑逻辑。汉语最常用的省略是主语的省略，谓语的省略较少。英语和俄语的省略多数伴随着形态或形式上的标记，可以从形式上确认。

"形合"和"意合"是语言组织法。所谓"形合"就是指借助语言形式手段（包括语法手段和词汇手段）实现词语、句子、语篇的连接；所谓"意合"指不借助语言形式手段，而借助词语或句子所含意义的逻辑关系来实现词语、句子、语篇的连接。从语言组织法来说，英语和俄语的衔接多用"形合"，即在句法形式上使用连接词将句子（分句）衔接起来，而汉语多用"意合"，即靠意义上的衔接而不一定依赖连接词。因而，英语和俄语多连接词，而且这些连接词的出现频率也非常高。这些连接词不仅有连词、副词、代词、关系代词或副词，还有短语等。汉语中虽然也有一些连接词，但在实际的使用中，汉语常常表现出少用或不用连接词的倾向。

第九，汉英俄诗歌语篇均使用衔接手段来达到语篇连贯的目的，而且使用的衔接手段数量相近。汉英俄诗歌语篇在各种衔接手段的使用频率上存在以下特点：（1）照应是英语语篇大量使用的语篇衔接手段，汉俄语篇则较少使用照应；（2）汉英俄诗歌语篇均不倾向于使用替代；（3）省略是汉俄常用的语篇衔接手段，英语则少用省略；（4）汉语和英语少用连接词，俄语连接词的使用频率高于汉英语；（5）汉英俄诗歌语篇原词复现的使用频率大同小异。

第十，原文与译文衔接手段的同与异决定译者在翻译时采用不同的翻译策略。据此，我们把衔接手段翻译策略分为两类：（1）沿袭原文的衔接手段；（2）改变原文的衔接手段。语篇衔接观照下的翻译策略认为，是否保留原文的衔接手段，取决于能否准确忠实地传达原文的意思。由于英汉两种语言在词序和衔接手段方面存在差异，往往无法完整保留原文的衔接手段，这时译者应适时改变译文的衔接手段来进行翻译转换。

虽然我们运用多种研究方法对汉英俄语的语篇功能进行了对比研究，但受研究者的时间、精力、研究条件和研究经验的限制，本研究尚存在一些不足之处。其一，由于受译本数量的限制，关于翻译策略的研究主要以汉语为中心对比研究相应的汉英俄译文，这是可行的，但是如果同时以英语和俄语为中心，对比研究相应的译文进行反证，研究的结果会更有说服力。其二，量化研究的设计较为简单，这当然和研究者相应的研究能力有关。最理想的研究应当是基于语料库的研究。这些都是本研究以后要继续深入和拓宽的研究方向。

本研究结果除了指导翻译实践，对写作和对外汉语教学也有一定的借鉴作用。

附录

附录 I

诗仙远游：李白诗歌在俄国的译介与研究[1]

摘要：作为唐诗艺术高峰的李白诗歌，炳耀千古，举世倾服。李白诗歌在俄国的译介与研究既是中国文学外传的代表，也是中国文化在西方被接受的典范。通过译介，诗人的诗学思想和诗歌生命力得以在俄罗斯文化语境中扩展与延伸，但在译介与研究过程中也显现出不同的特点。本文从跨文化的视域梳理了李白诗歌在俄国的译介与研究历程，阐释了李白诗歌在俄国译介与研究的特点及其所存在的问题。

关键词：李白诗歌；俄国；译介；研究

基金项目：国家社科基金项目"跨文化视阈下唐诗在西方的译介与研究"（项目编号 15BZW061）；中国博士后基金项目"俄语世界唐诗的译介与研究"（项目编号 2014M552352）；四川省社科规划项目"诗仙远游——李白诗歌在西方的译介与研究"（项目编号 SC14B038）的阶段性成果。

---

[1] 本文刊于《俄罗斯文艺》2016 年第 1 期，收入本书时有修改。

Translation and Introduction of Li Bo's Poetry in Russia

Abstract: Li Bo's poetry is lauded as the summit of Tang poetry which enjoys high prestige in China and abroad as well. The translation of Li Bo's poetry in Russia is not only the representative of the Chinese literature dissemination overseas, but also the canon of Chinese cultural reception in the west. Via translation, Li Bo's poetic thoughts and life are spread and extended in the Russian cultural context. However, during the process of dissemination and reception they present different characteristics. By tracing translation and research of Li Bo's poetry in Russia from a cross-cultural perspective, this essay focuses on revealing its translation features and researching characteristics, and finally points out issues needed to be solved.

Keywords: Li Bo's poetry; Russia; translation and introduction; research

李白，是中国古典诗歌一座无法逾越的丰碑，一个无法绕过的存在。欧阳修倾心于李白诗歌雄奇豪迈的风格，其《笔说·李白杜甫诗优劣说》有云："至于'清风明月不用一钱买，玉山自倒非人推'，然后见其横放。……甫于白，得其一节，而精强过之，至于天才自放，非甫可到也。"[1]1044 从对李杜的轩轾中，欧氏明确表述了自己的诗学取向，确立了李白独一无二的诗坛地位。苏轼感喟李白诗歌"高风绝尘"的美学境界无人能及，其《书黄子思诗集后》载："苏、李之天成，曹、刘之自得，陶、谢之超然，盖亦至矣。而李太白、杜子美以英玮绝世之姿，凌跨百代，古今诗人尽废。"[2]2124 千百年来，自其生前身后，学界对太白诗的解读和阐释始终没有停止过。李白的诗歌风格和诗学思想影响至深，不断激发后人新的思考和创作。太白诗中的人文主义情怀、对自由的向往等超越时间与空间的局限，不断激起异质文化、异质文明间的共鸣，并在迥异于中国文化的俄罗斯文化语境中首先受到了汉学家阿理克的关注，他这样写道："在诗歌的历史长河中天才诗人李白完美表现了宝贵的民族精神。"[3]31 李白诗歌在俄国的译介使得诗人的诗学思想和诗歌生命力得以在俄罗斯文化语境中扩展与延伸。由于俄国有其特殊的文化语境，李白诗歌译介面临不同的时代背景，译者对诗人有不同的解读方式，因此，李白诗歌在俄国的译介和研究过程中显示出不同的特点。本文从跨文化视域梳理李白诗歌在俄国译介与研究的历史与现状，分析其译介与研究特点，指出在俄罗斯文化语境中李白诗歌的译介与研究所存在的问题，并思考李白诗歌在俄国的传播所带给我们的启示。

一、译介历程及特点

《苏联大百科全书》（«Большая советская энциклопедия»）（1969）是至今俄罗斯最权威的百科辞典。1969 年，李白作为一个独立的条目被收入该辞书。词条这样介绍诗人："李白是世界著名抒情诗人之一。他为中国古典诗歌的革新做出了杰出的贡献，他的诗歌对唐宋诗的发展产生了深远的影响。"[4]406 其他收录李白的俄国辞书还有《文学百科辞典》（«Литературная энциклопедия»）[1]、《古代世界百科辞典》（«Древний мир. Энциклопедический словарь»）[2] 等。纵观俄国辞书对李白的收录，显而易见，李白在中国诗坛，乃至世界诗坛的地位和作用均得到了充分肯定，这也反映了俄国知识界对李白和中国古典诗歌的认知与理解，而这一切都得益于俄国汉学家和诗人对李白诗歌的翻译与传播。

1880 年，俄国汉学家王西里撰写的《中国文学史纲要》（«Очерк истории китайской литературы»）问世，这是俄国第一部中国文学史，也是世界汉学界第一部中国文学史。在这部著作里，李白其人第一次走进了俄罗斯的文化视域。王西里写道："我们都了解并高度评价普希金、涅克拉索夫和科里佐夫的短诗，可中国在两千年间诗人也层出不穷，达数千人之众。而这也正是让我们犯难的地方。当然，也可以只选择介绍这样一些诗人，如司马相如、杜甫、李太白、苏东坡等。"[5]312 1896 年，诺维奇（Н. Нович）尝试翻译李白诗歌《宣城见杜鹃花》（«Красный цветок»）[3]，但他的译文毫无诗歌形式，只是对诗歌内容冗长的转述。因此，俄罗斯汉学界认为，李白诗歌的俄译始于汉学家阿理克和楚紫气（Ю. Щуцкий），他们于 1923 年出版了《唐诗选》

1　Литературная энциклопедия: Т. 2/Ком. Акад.; Секция лит., искусства и яз.; Ред. коллегия: Беспалов И. М., Лебедев‐Полянский П. И., Луначарский А. В., Маца И. Л., Нусинов И. М., Переверзев В. Ф., Скрыпник И. А.; Отв. ред. Фриче В. М.; Отв. секретарь Бескин О. М. М.: Изд‐во Ком. Акад., 1969.

2　Гладкий В. Д. Древний мир. Энциклопедический словарь в 2‐х томах. М.: Центрполиграф, 1998.

3　Ли Бо. Нефритовые скалы. Перевод Н. Нович. СПБ.: Кристалл, 1999.

(«Антология китайской лирики VII - IX вв»)[1]，其中选译了太白诗。此后，李白诗歌在苏联的译介和传播始终没有停止过，尤其从20世纪50年代开始，随着苏联对中国古典文学研究的兴起，苏联翻译家大量翻译太白诗，至20世纪80年代，李白诗歌翻译在苏联达到一个高潮。一些著名汉学家和诗人参与译介，如汉学家艾德林（Л. Эйдлин）、李谢维奇（И. Лисевич）、苏霍鲁科夫（В. Сухоруков），诗人阿赫玛托娃（А. Ахматова）、吉多维奇（А. Гитович）、古米廖夫（Н. Гумилёв）、托洛普采夫（С. Торопцев）等。出版的诗集主要有《李白抒情诗选》（«Ли Бо. Избранная лирика»1957）、《7—9世纪唐诗集》（«Танская поэзия vii - ix вв. »1984）、《详析月光》（«Всматриваясь в лунный свет»2002)、《李白古风》（«Ли Бо. Дух старины» 2004)、《山水李白》（«Ли Бо. Пейзаж души»2005)、《李白诗500首》（«Китайский поэт золотого века. Ли Бо: 500 стихотворений»2011）等。

从时间上看，从1923年阿理克和楚紫气将李白诗歌译成俄文开始算起，李白诗歌在俄罗斯的译介历程差不多已经历了将近一百年。在这个漫长的历史时期，李白逐渐走入俄国民众的文化视野，经受着种种考验，其中不乏误读和曲解。纵观李白诗歌在俄国的译介历程，我们可以发现如下译介特点。

第一，接受国占据主导地位的翻译模式。长期以来，文化接受国自发自为的翻译模式是李白诗歌俄译的主要模式。阿理克自1911年起开始研究李白诗歌，指导学生展开对李白诗歌的研究，培养出了许多优秀的学生，传承李白诗歌的翻译和研究工作。如今仍活跃在俄罗斯汉学研究前沿，致力于李白诗歌译介的汉学家托洛普采夫是俄罗斯当代著名学

1　Щуцкий Ю. К. Антология китайской лирики VII - IX вв. М. : Пг. , 1923.

者和诗歌翻译家。从2002年至今，他已经出版了六本与李白有关的著述和译作：《书说太白》《李白古风》《山水李白》《楚狂人李白》《李白传》《李白诗500首》。相较而言，输出国的翻译介入相对较少，国内俄语学界只有谷羽、夏志义、习成功等少数学者在关注这一领域。

第二，李白诗歌俄译主要由两个传播层面构成。第一个层面是以阿理克为代表的苏联汉学家，他们精通汉语，翻译时尊重原作，尽力保留原作的形象、音韵和语言特色，同时力求使译诗符合俄罗斯诗歌的格律要求。第二个层面主要由苏联不同时期的著名诗人组成，如阿赫玛托娃、吉多维奇、古米廖夫等。诗人们不太通晓汉语，就托汉学家把原诗译成俄文，然后加工成俄文诗。但诗人们深谙诗体，能熟练驾驭俄语诗歌的创作模式，在对李白诗歌的重新书写中，吸引了更多的读者，如诗人吉多维奇、阿赫玛托娃译的李白诗歌译本流传较为广泛。而汉学家在翻译中往往力求押韵而导致偏离原意，这也直接导致其俄译本接受度低。类似的传播与接受现象也曾出现在法国和美国。如法国诗人朱迪特·戈蒂耶（Judith Gautier）是当时欧洲李白诗歌再创作的典型代表人物。1867年，戈蒂耶出版了其创造性的李白诗歌译作《玉书》（*Le Livre Jade*），由于不太通晓中文，戈蒂耶的翻译往往只略取其意，重新书写。但《玉书》却在欧洲风靡一时，掀起了一股李白诗歌的热潮，先后被转译成德、意、葡、英、俄等多种文字，在中外文学交流史上占据了一个不可替代的位置。1915年，美国诗人庞德出版了著名的《神州集》（*Cathy*）。庞德本人并不懂中文，这本诗集是他根据费诺罗萨（E. Fenollosa）的手稿翻译和编辑的，也就是说，庞德是在一位汉学家所翻译的中国诗的基础上对这些译诗重新书写。但这本书却成为李白诗歌在美国传播的经典之作，甚至影响了现代美国诗学与诗歌创作。

第三，诗歌重译现象体现了不同译者对李白及其诗歌的不同解读。

在漫长的历史时期，李白诗歌俄译的过程中经常出现部分诗歌被重译的现象。一些脍炙人口的李白诗歌被不同时期的译者译介，如《静夜思》《渌水曲》《玉阶怨》等。这表明在不同的时代背景、不同的文化、政治语境下，译者对诗人有不同的解读方式。译本体现了译者本人对于李白及其诗歌的解读，不同译本在读者群中的接受度有别，对读者群体产生的影响也不一样。例如对《渌水曲》的翻译就表现了翻译家们不同的风格和侧重点。阿理克遵循逐字逐句的翻译；楚紫气则在保留原诗主要内容的同时，出于对读者接受度的考虑，使用八行俄文诗来转换汉语四行诗；吉多维奇则用加词的手法重新书写，直接点出了原诗的语义中心。

第四，诗歌翻译中的误读现象。诗人的写诗天才不一，汉学家的中文水平参差不齐，出现错译、误译现象在所难免，如《渌水曲》的最后一句"愁杀荡舟人"里的"杀"是通假字，通"煞"。阿理克和楚紫气都是按照"杀"的字面意义来解读和翻译的，分别错译为"Убивает"和"Разит"。错误的解读不但表现在语言层面，而且在文化层面也变现突出。李白诗歌中选取的人、物、事、景、俗的意象蕴含着中国的人文特色，意象内涵具有强烈的民族性和地域性。这些蕴含着中国文化特色的意象为文化同源的读者熟知，能够引起共同的联想。但对于译者而言，这些具有文化特色的意象翻译却很棘手，如果译者未领悟原诗的意象内涵，在翻译时就会出现意象错位的现象。如李白的《忆东山》里的"东山"是专名，曾是东晋著名政治家谢安出仕前的隐居之地。李白向往东山，是出于对谢安的仰慕之情。由于译者对东山意象内涵的不同理解，采用的翻译手法也各异。诗人吉多维奇把东山译为普通名词"горы востока"，显现出译者对东山意象内涵的不甚了解。楚紫气则把东山译为专名"Горах Востока",译者对诗歌用典的了解跃然纸上[1]。

二、研究历程及特点

俄国汉学家在翻译李白诗歌的基础上展开对李白及其诗歌的研究。阿理克首次在俄国学术界提出研究中国文学的问题,他也是俄国研究李白诗歌的第一人。1916年,阿理克在彼得堡出版专著《中国论诗的长诗:司空图(837—908)的〈诗品〉》(«Китайская поэма о поэте. Стансы Сыкун Ту (837-908). Перевод и исследование»),这部专著集评、注、译于一体,是俄国第一部涉及研究唐诗的巨著。阿理克对《诗品》的内容和成就进行了全面系统的分析,并以李白、杜甫、白居易、韩愈等唐代诗人的创作为例,对唐诗加以阐释和论述。在书中,阿理克诠释了自己的中国诗学观,他说:"中国诗歌是中国文学的核心,研究中国文学应当从中国诗歌入手。中国诗人的创作灵感和自然现象紧密相连,中国历法中的二十四节气是诗人灵感的重要来源。神秘的'道'存在于自然界里,自然和人的直觉、情感息息相关。"[6](5) 在这部专著中,阿理克首次把中国诗学思想与欧洲诗学中的相似现象进行对比,他认为"司空图的诗学思想可以和亚里斯多德的诗学思想相媲美。"[6](116)

像阿理克这样来研究司空图的《诗品》,无论在世界上还是在中国都是空前的。此书的出版奠定了阿理克在俄国汉学界首屈一指的地位。该书的出版在当时引起了著名诗人布洛克(А. Блок)和其他一些文学家的广泛关注。赖斯纳(Л. Рейснер)认为:"该书的出版对于东方文学和世界文学都具有重要的意义。"[7](363) 阿理克对汉学在俄国的传播

---

1 参见本文作者《李白诗歌意象的翻译转换》,《牡丹江师范学院学报》2014年第6期。

做出了卓越的贡献，被郭沫若尊称为"阿翰林"。

总体而言，俄国的李白研究高屋建瓴，研究中不但引用中国资料，还参考西欧、亚洲国家的相关文献、古籍，并把俄国的本土研究与欧洲国家，以及俄国从西方语言译出的李白诗歌进行对比。但20世纪苏联的李白研究缺乏系统性，译者对于李白具有鲜明时代特征的研究视角大多体现在译作和译作的副文本上，如译序、译后记、译注等，缺乏对李白的专题研究。费什曼（О. Фишман）尝试进行了李白的专题研究，但她的著作《欧洲对李白的研究》（«Ли Бо в европейской науке»）[1]、《李白：生平与创作》（«Ли Бо. Жизнь и творчество»）[2] 仅对李白研究作了粗略的概述。21世纪以来，当代俄罗斯李白研究的领先学者托洛普采夫专注于李白专题研究。2002年1月17日，托洛普采夫编撰的俄文书籍《书说太白》（«Книга о Великой Белизне. Ли Бо: Поэзия и Жизнь»）在中国驻俄罗斯大使馆举行首发式。该书汇集了俄国汉学界对李白的评论和译著，由莫斯科纳塔利斯出版社在李白诞辰1300周年之际出版发行。托洛普采夫的其他相关专著有《天仙诗人李白全传》（«Жизнеописание Ли Бо — Поэта и Небожителя»）[3]、《楚狂人李白》（«Чуский Безумец Ли Бо»）[4] 等。由于对李白研究的突出贡献，托洛普采夫于2006年获得第二届"中华图书特殊贡献奖"。

从对李白及其诗歌的研究梳理中，俄国汉学家对李白及其作品的研

---

1 Фишман О. Л. Диссертация «Ли Бо в европейской науке», 1946.

2 Фишман О. Л. Ли Бо. Жизнь и творчество. М.：Издательство восточной литературы, 1958.

3 Торопцев С. А. Жизнеописание Ли Бо—Поэта и Небожителя. М.：Институт Дальнего Востока РАН, 2009.

4 Торопцев С. А. Чуский Безумец Ли Бо. М.：АСТ, 2008.

究主要体现在以下几个方面。

第一，对李白及其诗歌的评价。俄国汉学家感动于李白诗歌的超卓飞扬，从不同角度表达对诗人的倾慕。在阿理克的眼中，李白是"中国诗歌的巅峰"、"驾驭诗歌语言的巨匠"和"伟大的民族巨人"。[8]3 李谢维奇陶醉于"李白所特有的那种磅礴的气势和豪放"并下决心要"安心于做一个研究中国中古时期诗歌的角色"[9]134。托洛普采夫认为，李白诗歌无可比拟的想象力、强烈的自我表现欲、深邃的哲学思想是形成其独特风格的根本原因。

第二，对李白诗歌语言的研究。汉语博大精深，研究汉语是研究唐诗的基础。阿理克指出："诗歌是最能体现文言（古汉语）本质的精妙华美的艺术形式。一个中国诗人的成长过程就是学习如何驾驭语言的过程。"[8]54 唐代确立科举取士制度，推动文人去广泛涉猎典籍，增强文学修养。间接造成了唐代诗人追求语言表现力的现实。宋人严羽云：或问唐诗何以胜我朝？唐以诗取士，故多专门之学，我朝之诗所以不及也。杜甫在《江上值水如海势聊短述》曾言：为人性僻耽佳句，语不惊人死不休。表明诗人在诗歌创作中十分重视语言的选择和锤炼。要写出佳句，就必须有足以使世人叹为观止的语言。因此，诗人对诗歌语言的刻意求工是其成为伟大诗人的重要条件之一。李白诗歌之所以能够"笔落惊风雨，诗成泣鬼神"正是通过其诗歌语言得以体现的。格鲁别（В. Грубе）认为，诗歌与语言紧密相关。汉字音、形、义相结合的特点使得诗歌的完全转换是不可能的。唐诗外译必须经过解释性的解读，只有如此，不懂汉语的读者才能够深层次地理解唐诗，并对唐诗加以评价。艾德林研究了唐诗中的对偶，利用西方学者的对偶分类法研究唐诗中的同义性对偶、对称对偶和语法对偶。总而言之，在俄国学者的眼中，用汉字组合起来的唐诗的诗意是感悟的，而不是分析的；是隐喻的，而不是实指的；是想象的，而不是叙说的。

第三，对李白诗歌艺术特点的研究。阿理克指出，研究唐诗必须追溯中国的历史和道家、儒家的思想及民间传说等问题，因为这些元素是中国诗人"创作灵感的源泉"。诗歌是表达民族精神的最强有力的艺术形式。唐诗意象具有中国文化所赋予的特定深刻内涵，诗人运用意象来阐释并实现诗句"言外之意"的深刻表达。此外，托洛普采关注诗人的世界观问题。他认为，研究一个民族的文学首先应当研究这个民族的思想史，在此基础上他研究了李白与道的关系。格鲁别认为，在中国文化中，对称美具有独特的地位，中国的诗歌闪耀着对称美的光辉。中国方块字的形、音、结构、神韵都具有对称美。唐诗中的对称美是一种匀称、和谐、均衡之美，能够最大限度地加强诗歌的表现力。

第四，李白诗歌翻译策略。李白诗歌俄译主要分为两个层面：一是汉学家逐字逐句的翻译，如阿理克和楚紫气翻译第一部唐诗俄文译集《唐诗选》所采用的译法；二是从诗歌创作的角度进行的翻译，如诗人吉多维奇、阿赫玛托娃采用的译法。阿理克遵循逐字逐句的翻译原则，在形式上完全保留唐诗的特点。但他的译文只是从原诗到译诗的逐字逐句的翻译，用他自己的话说，就是"给原文换了一种形象生动地说法，而这种译法，在思想内涵和表面含义之间更强调后者"[10]87。诗人则从诗学、美学、感情色彩的角度对诗歌进行再创作。在他们的诗歌中，我们可以感受到原作的特色，感受到李白诗歌的特点。关于采用何种诗体进行翻译，采用直译还是意译，译者们观点各异。有些汉学家主张采用直译押韵诗体，如阿理克主张科学的翻译观。所谓科学，就是注重语言的准确性。他强调，唐诗是为歌咏而作的，翻译时必须押韵，否则不足以体现唐诗的特点。他对押韵的要求十分严格和固执，在翻译中往往造成力求押韵而偏离原意的结果，这也直接导致其俄译本接受度低。另外一些译者则采用不押韵的散体形式，如艾德林、吉多维奇等。艾德林认为，诗之成为诗，而非韵文，在于诗歌讲究神韵。诗歌语言的节奏和音韵应服从意境和神韵，不应该为了韵脚而损害原诗的内容。因此，他主张用无韵诗翻译诗歌。阿赫玛托娃主张用诗歌的美学准则来解读唐诗，把唐诗的诗意用贴合读者审美习惯的语句表达出来，而不拘泥于译文与原作字词的机械对应，注重保留与传达原诗中的感情色彩和想象因素。她认为，诠释中国诗歌的关键不在于中俄文字的相互转换是否精确，更在于原作所蕴含的文化背景是否能够被俄语读者认识和理解。离开文化背景去翻译，不可能达到两种语言之间的真正交流。

第五，研究方法。研究方法主要包括运用比较的方法，从文化的角度对李白诗歌进行研究；运用美学的观点分析李白诗歌等。学者在研究李白诗歌时，从比较文学的视角对李白诗歌的不同西方译文（德、英、法）提出自己的见解。如阿理克就反对欧洲对李白诗歌似是而非、添枝加叶的翻译，对戈蒂耶的翻译提出了批评。阿理克在比较唐诗和俄国诗歌的基础上指出，唐诗具有"意在言外""含而不露"的特点，俄国诗歌则直白浅露地表达诗人的情感，因此唐诗鉴赏的角度和方法应异于俄国诗歌。研究中国诗歌不仅仅在于理解或欣赏其在格式上、语言风格上与西方的差异，更应该重视中国诗人情景交融的艺术手法对营造意境、表达感情的作用，重视诗人自身的修养对深化诗歌思想内容的影响。要做到这一点，就不能够把中国诗歌剥离出中国文化的总体框架来解读。阿理克把中国诗歌、诗学思想与欧洲诗学中的相似现象进行对比，他认为司空图的诗学思想可以和亚里斯多德的诗学思想相媲美。克拉夫措娃（М. Кравцова）从文化学的角度研究唐诗，她主张为了理解中国诗歌，要深入研究古代信仰、宇宙观、宇宙论、国家制度等。她参考中国及西方学者的研究成果，采用西方的理论来研究中国古典诗歌。格鲁别从美学的角度研究了中国诗歌的对称美,并和日本的非对称美学观进行了对比。

三、问题与启示

2011年,在李白诞辰1310周年之际,俄罗斯21世纪最著名的李白研究专家托洛普采夫的俄文版李白诗集《黄金时代的中国诗人:李白诗歌500首》问世,至此李白其人其作品游走于俄国的历史与文学之间也有近百年的历史了。近百年来,俄国学者对李白的理解、研究与定位随着时代的更迭而变化,对李白诗歌的阐释也不断深化。考察李白在俄罗斯文化语境中的译介与研究历程并对其进行梳理之后,我们发现,作为中国文学域外传播或者文学传播接受史中的个案,李白诗歌在俄国的译介与研究尚且存在以下问题。

第一,李白诗歌的译介在接受国和输出国之间存在严重的不均衡现象。译介工作主要由俄国汉学家和诗人进行,缺乏中国俄语学界的参与。这落后于其他中国经典作品俄译,如《论语》《老子》在已有俄国学者译本基础上,已分别出版了由杨伯峻、李英男翻译的俄译本;中国英语学界也有许渊冲译的《李白诗选》等。

第二,李白诗歌在俄国的研究亟待深入。长期以来,李白诗歌在俄国呈现译介多、研究少的局面。缺少对译品的研究和批评不利于发现译品中的误译和错译,进而影响太白诗在俄国的传播。如何把对李白诗歌的译介和研究工作结合起来,是目前亟待深入的研究方向。如李白诗歌在俄国的传播与接受研究就是一个薄弱环节。诗歌作品的翻译和接受有其历史性。俄国在不同的时代有其特殊的社会、文化、政治语境,在特殊的接受环境下,对诗歌翻译的实际操作和对诗歌的阐释均打上了时代的烙印。这种历史性会造成翻译主体的局限性和接受过程的倾向性。这些课题都亟待深入研究。

第三，研究机制不够完善。从组织上看，缺少中俄学者合作交流研究的机制，在一定程度上影响了李白诗歌在俄国译介与研究的进一步深入。

从阿理克到托洛普采夫，李白诗歌在俄国的译介与研究一直得以延续，成为俄国汉学乃至世界汉学的重要组成部分。随着中俄文化交流的日益频繁，经典俄译唐诗得以再版。2000年，圣彼得堡东方研究所出版社再版了俄国第一部唐诗选集——1923年出版的《唐诗选》，书名改为《悠远的回声》（«Дальнее эхо. Антология китайской лирики VII - IX вв»）。2000年以来，阿理克的一系列经典中国文学典籍也得以再版。我们相信，随着中俄文化交流的增加以及李白诗歌译介与研究的深入，李白及其诗歌在俄罗斯文化语境中的传播一定会具有他应有的生命力。

参考文献：

[1] 欧阳修.《笔说》,《欧阳修全集》下册[M]. 北京：中华书局，1986.

[2] 苏轼.《集后》,《苏轼文集》（卷六十七）[M]. 北京：中华书局，1986.

[3] Алексеев В. М. Литература Востока, вып. 2. «Всемирная литература»[C]. Пб: Петербургское Востоковедение, 1920.

[4] Прохоров А. М. Большая советская энциклопедия[M]. Москва: «Советская энциклопедия», 1969.

[5] Васильев В. П. Очерки истории китайской литературы. Переиздание на русском и китайском языках/Перевод на китайский

язык Янь Годуна[M]. Санкт‑Перебург: Институт Конфуция в СПБГУ, 2013.

[6] Алексеев В. М. Китайская поэма о поэте. Стансы Сыкун Ту(837—908). Перевод и исследование[M]. Москва: «Восточная литература» РАН, 2008.

[7] Рейснер Л. М. Рецензия на «Гондлу»[J]. Летопись, 1917, (5).

[8] Торопцев С. А. Книга о Великой Белизне. Ли Бо: Поэзия и Жизнь[M]. Москва: Наталис, 2002.

[9] 王巍.《李白研究走向世界》[J].《文学遗产》, 2002, (3).

[10] Алексеев В. М. Китайская культура[M]. Москва: Наука, 1978.

互鉴与融合：唐诗的传播与影响[1]

"九天阊阖开宫殿，万国衣冠拜冕旒"的大唐王朝孕育出中国古典诗歌的巅峰之作——唐诗。唐诗在西方的译介与研究既是中国文学外传的代表，也是中国文化在西方被接受的典范。在唐诗西传的进程中，当西方世界尝试从中国古典文学中了解中华民族精神的时候，他们意识到中国古典诗歌是中国古典文学最经典的代表，而唐诗又是中国古典诗歌最权威的代表。

1735年，唐诗首次走入西方文化视域，在近三百年的西传历程中，唐诗在推动文化互鉴融合的过程中发挥着重要的纽带作用。作为中国传统文化的标志性成果，唐诗在西方的传播与影响如何？

三百年漫漫西行路

早在18世纪，法国来华传教士就对光辉灿烂的唐诗产生了浓厚的兴趣。1735年，法国汉学家杜赫德在其编纂的《中华帝国全志》（*Description géographique, historique, chronologique, politique, et physique de l'empire de la Chine et de la Tartarie chinoise*）中首次提到唐诗的巅峰诗人——李白和杜甫。在这位汉学家的眼中，李白和杜甫堪与古希腊诗人阿那克里翁、古罗马诗人贺拉斯相媲美。19世纪，唐诗西传进入发轫期，唐诗从单纯的介绍转向深入的研究和阐释。除传教士以

---

[1] 本文刊于《中国社会科学报》（国家社科基金专刊）2023年4月25日第7版，收入本书时有修改。

外，西方的汉学家、诗人积极从事唐诗的翻译，产生了较有影响的几部法译本、英译本和德译本。1862 年，法国汉学家德理文的唐诗法译集《唐诗》（*Poésie de l'Epoque des Thang*）出版，这是西方第一部唐诗译集，被称为"最好的中国诗歌法文译著"。20 世纪上半叶是唐诗西传的发展期，借着汉学研究发展的大背景，唐诗在西方的译介呈现多元化的趋势。除了法、英、德，苏联、西班牙、意大利等其他西方主流国家相继加入唐诗的译介。苏联的阿理克是这一时期唐诗俄译的集大成者。他开始系统译介李白、杜甫、王维、白居易等人的作品，他和学生楚紫气出版唐诗俄译集《唐诗选》。中国国内学者也开始关注西方汉学家的译介活动。郭沫若高度评价阿理克和楚紫气的译著《唐诗选》，并尊称阿理克为"阿翰林"。20 世纪下半叶至今，唐诗西传进入繁盛期。唐诗在西方的译介几乎涵盖了所有西方主要语种，涌现出许多具有影响力的代表人物和译著，彰显了唐诗在西方的高度接受。中西学者的合作成为这一时期的一大亮点，如 1957 年郭沫若和费德林共同编选了《中国诗歌集》。

异域的远行，悠远的回声

近三百年来，得益于西方文化接受国自发自为的翻译，唐诗在迥异于中国文化的西方文化视域中得到广泛的传播，经久不衰。西方汉学家和诗人怀着对唐诗的高度热情翻译唐诗，形成两个传播群体。第一个群体是以翟理斯、阿理克为代表的西方汉学家，他们学贯中西，精通汉语，翻译时尊重原作，尽力保留原作的形象、音韵和语言特色，同时力求使译诗符合本国诗歌的格律要求。第二个群体主要由西方各国的诗人、作家组成，如戈蒂耶、庞德、伯姆、吉多维奇等。诗人们大多不太通晓汉语，但深谙诗体，能熟练驾驭本国诗歌的创作模式，在中西诗歌之间寻求契合,在对唐诗的重新书写中吸引了更多的读者,促进了唐诗在西方的传播。

在西传的历程中,唐诗西译形成了多样化的翻译形式和策略。翟理斯倾向于直译押韵诗体。在他的眼中,诗歌是为歌咏而作的,翻译时必须押韵,否则不足以体现唐诗的特点。德理文则采用散体形式译诗。他认为,诗之成为诗,而非韵文,在于诗歌讲究神韵。诗歌语言的节奏和音韵应服从于意境和神韵,不应该为了韵脚而损害原诗的内容,他主张把唐诗的诗意用贴切读者审美习惯的语句表达出来,而不拘泥于译文与原作字词的机械对应,注重保留与传达原诗中的感情色彩和想象因素。戈蒂耶、伯姆则是"翻译的创造性叛逆"的典型代表。创造性叛逆是文学传播与接受的一个基本规律,反映的是文学翻译中不同文化的交流和碰撞。创译文本虽不乏误读与误释,但却得到目的语国家的广泛接受。

西方研究者从比较文学的视角把握唐诗的风格,提高唐诗在西方的接受度,推动中西文化的交流与对话。法国散文家、文学评论家蒙太古撰写的《唐诗》书评《论一个古老文明的诗歌》,将唐诗这一来自中国的优秀纯文学作品更为广泛地推荐给了法国读者。通过比较唐诗和西方诗歌,蒙太古认为中西方文化具有相同的内核,但表达形式却不一样。在蒙太古的眼中,李白的《静夜思》就像一首德国的浪漫曲,杜甫的《春夜喜雨》有理由被当作罗伯特·彭斯的抒情诗。西方研究者采用诗歌比较的方法,呈现了中西诗人在面对同样的人生境遇时相同或相似的反思,彰显中西方共通的人性。

多彩的西方唐诗热

作为独特的诗歌艺术形式,唐诗的艺术魅力与西方的诗歌创作、汉学研究,乃至艺术创作等均形成良性互动。

西方诗坛如戈蒂耶、庞德等名家都曾积极投身唐诗翻译，且在创作风格上受唐诗影响很大。西方诗人把中国元素融入其诗歌创作。戈蒂耶翻译的《玉书》先后被转译为德、意、西语译本，在西方掀起了"李白热"。在她的诗歌创作中也不乏唐诗的影响，如其十四行诗《玛格丽特》（"La Marguerite"）就使用了关于中国习俗的隐喻。在很大程度上，正是由于戈蒂耶对唐诗的关注，"中国"成为当时法国诗坛吟唱的一个重要主题，这源于当时的欧洲诗坛对人类精神家园的思念，而唐诗正好满足了这一情感需求。庞德是意象派诗歌运动的杰出代表，是西方意象派诗歌的创始人之一。通过中国古典诗歌译著《华夏集》（Cathy），庞德向中国文明探求并在其中寻觅和追求理想。他从中国古典诗歌中生发出"意象叠加"的艺术手法，促进了东西方诗歌的互相借鉴，从而在美国掀起了一股"唐诗热"。以戈蒂耶、庞德等为代表的西方诗人在其诗歌创作中融入来自中国的元素，这标志着以唐诗为代表的中国古典诗歌对西方现代诗歌的影响上升到了历史的新高度，甚至影响了现代西方诗学与诗歌创作。唐诗西传也从单纯的译介和鉴赏汇入西方世界的主流文化。

西方汉学家注重研究唐诗中的宗教思想。如丹尼尔·吉罗的《道之醉：李白——八世纪中国的旅行者、诗人和哲学家》（Ivre de Tao, Li Po, voyageure, poète et philosophe, en Chine, au VIIIe siècle）深入研究了李白诗歌中的道教思想，一时风靡欧洲汉学界。作者紧扣书名"道之醉"之"道"，即道教之"道"，结合中国古典诗歌的语言探讨李白诗歌中不断出现的意象，认为月亮、酒、江、山等形象构成了李白诗歌的主导性主题。这些主题均包含着"不朽"这层含义，体现了李白对道教不朽的迷恋和主动追求。随着禅佛诗人王梵志、寒山进入西方汉学家的视野，唐诗中的禅佛思想也成为西方汉学界关注的重点。法国汉学家戴密微发表的《禅与中国诗歌》（"Zen et poésie chinoise"）一文指出，寒山的诗歌作品堪列入唐诗的不朽之作。在这些诗歌作品中，宗教思想表现为佛教和道教的融合。此外，戴密微对寒山诗歌的研究、俄罗斯汉学家孟列夫对王梵志诗歌的翻译，推动了敦煌学在西方的研究和发展。

  唐诗与音乐等艺术形式也紧密相连，它能使读者在听觉和视觉上产生强烈的共鸣，唐诗本身就是悦耳的音乐、优美的画卷。针对唐诗"诗中有画，画中有诗"的艺术境界，德理文曾指出，一首优美的五言或七言绝句就是由二十字或二十八字交织而成的云锦。德国汉学家贝特格的汉诗德译集《中国之笛》（*Die chinesische Flöte: Nachdichtungen chinesischer Lyrik*）译有孟浩然、王维、王昌龄、李白、杜甫、崔宗之、白居易等唐代诗人的作品。《中国之笛》在德语世界广为流传，引起了奥地利著名作曲家马勒的关注。1908年，马勒谱写交响乐《大地之歌》（*Das Lied von der Erde*），采用《中国之笛》的七首德译唐诗为歌词，创作了世界上第一部以唐诗为背景的交响乐，流传至今。1998年5月，一支由德国艺术家组成的交响乐团访华演出，演奏了马勒的《大地之歌》，在中国掀起了一场热潮。根据唐诗灵感而作的西方乐曲在历经九十年后重返其灵感的来源地——中国。交响乐《大地之歌》的创作与流传书写了中西文化交流史上的一段佳话。

  唐诗近三百年在西方世界的传播，成就斐然。唐诗在西方获得广泛的传播和接受，说明中国传统思想和文化对西方有着巨大吸引力。唐诗西传亦推动了中西文明对话，加深了中西文化互鉴与融合，为讲好中国故事添加了浓墨重彩的一笔。唐诗所散发出的中国传统文化魅力将继续沿着西传的丝路轨迹走向世界。

附录 II

李白诗歌选译

《玉阶怨》
玉阶生白露，夜久侵罗袜。
却下水晶帘，玲珑望秋月。

《渌水曲》
渌水明秋月，南湖采白苹。
荷花娇欲语，愁杀荡舟人。

《独坐敬亭山》
众鸟高飞尽，孤云独去闲。
相看两不厌，只有敬亭山。

《月下独酌》
花间一壶酒，独酌无相亲。
举杯邀明月，对影成三人。
月既不解饮，影徒随我身。

暂伴月将影，行乐须及春。
我歌月徘徊，我舞影零乱。
醒时同交欢，醉后各分散。
永结无情游，相期邈云汉。

《长干行》

妾发初覆额，折花门前剧。
郎骑竹马来，绕床弄青梅。
同居长干里，两小无嫌猜。
十四为君妇，羞颜未尝开。
低头向暗壁，千唤不一回。
十五始展眉，愿同尘与灰。
常存抱柱信，岂上望夫台。
十六君远行，瞿塘滟滪堆。
五月不可触，猿声天上哀。
门前迟行迹，一一生绿苔。
苔深不能扫，落叶秋风早。
八月蝴蝶黄，双飞西园草。
感此伤妾心，坐愁红颜老。
早晚下三巴，预将书报家。
相迎不道远，直至长风沙。

《送友人》

青山横北郭，
白水绕东城。

此地一为别，

孤蓬万里征。

浮云游子意，

落日故人情。

挥手自兹去，

萧萧班马鸣。

英文译诗

A Sign From a Staircase of Jade

Her jade-white staircase is cold with dew;

Her silk soles are wet, she lingered there so long…

Behind her closed casement, why is she still waiting,

Watching through its crystal pane the glow of the autumn moon?

—Witter Bynner

Autumn River Song

In the clear green water-the shimmeringe moon.

In the moonlight-white herons flying.

A young man hears a girl plucing water-chestnuts;

They paddle home tighter through the night, singing.

—Amy Lowell

ALONE ON THE CHING-T'ING HILLS

The birds have flown away on pinions high,

A cloud in heedless mood goes floating by.

The two that never change their fixed regard,

Are ye, fair Ching-t'ing hills, and I, your bard.

—Ts'ai T'ing-kan

Drinking alone by Moonlight

A cup of wine, under the flowering-trees:

I drink alone, for no friend is near.

Raising my cup, I beckon the bright moon,

For he, with my shadow, will make three men.

The moon, alas! is no drinker of wine:

Listless, my shadow creeps about at my side.

Yet with the moon as friend and the shadow as slave

I must make merry before the Spring is spent.

To the songs I sing the moon flickers her beams;

In the dance I weave my shadow tangles and breaks.

While we were sober, three shared the fun;

Now we are drunk, each goes his way.

May we long share our odd, inanimate feast,

And meet at last on the Cloudy River of the Sky.

——Steven Oven

Ch'ang-kan

Soon after I wore my hair covering my forehead

I was plucking flowers and playing in front of the gate,

When you came by, walking on bamboo-stilts

Along the trellis, playing with the green plums.

We both lived in the village of Ch'ang-kan,

Two children, without hate or suspicion.

At fourteen I became your wife;

I was shame-faced and never dared smile.

I sank my head against the dark wall;

Called to a thousand times, I did not turn.

At fifteen I stopped wrinkling my brow

And desired my ashes to be mingled with your dust.

I thought you were like the man who clung to the bridge:

Not guessing I should climb the Look-for-Husband Terrace,

But next year you went far away,

To Ch'ii-t'ang and the Whirling Water Rocks.

In the fifth month "one should not venture there"

Where wailing monkeys cluster in the cliffs above.

In front of the door, the tracks you once made

One by one have been covered by green moss—

Moss so thick that I cannot sweep it away,

And leaves are falling in the early autumn wind.

Yellow with August the pairing butterflies

In the western garden flit froth grass to grass.

The sight of these wounds my heart with pain;

As I sit and sorrow, my red cheeks fade.

Send me a letter and let me know in time

When your boat will be going through the three gorges of Pa.

I will come to meet you as far as ever you please,

Even to the dangerous sands of Ch'ang-feng.

—Arthur Waley

Blue mountains to the north of wall

White river winding about them

Here we must make separation

And go out through a thousand miles of dead grass.

Mind like a floating wide cloud.

Sunset like the parting of old acquaintances

Who bow over their clasped hands at a distance.

Our horses neigh to each other as we are departing.

—Ezra Pound

俄文译诗

Тоска у яшмовых ступеней

Я стою... У яшмовых ступеней

Иней появляется осенний.

Ночь длинна – длинна... Уже росой

Увлажнен чулок мой кружевной.

Я к себе вернулась и, печальна,

Опустила занавес хрустальный.

Но за ним я вижу: так ясна

Дальняя осенняя луна!

—Ю. Щуцкий

Чистые воды

Воды прозрачны – чисты,

И месяц осенний сияет.

Я в озере южном срываю

Белых кувшинок цветы.

Лотос, – почти говорит,

Мой баловень нежный, любимый;

И в лодке проплывшего мимо

Грустью меня он разит.

—Ю. Щуцкий

ОДИНОКО СИЖУ В ГОРАХ ЦЗИНТИНШАНЬ

Плывут облака

Отдыхать после знойного дня,

Стремительных птиц

Улетела последняя стая.

Гляжу я на горы,

И горы глядят на меня,

И долго глядим мы,

Друг другу не надоедая.

Одиноко сижу на склоне Цзинтин

Последних птиц не стало в вышине,

И сиро тучка на покой слетела.

Лишь мы с горой остались в тишине –

Друг друга видеть нам не надоело.

—С. А. Торопцев

В одиночестве пью под луной

Среди цветов стоит кувшин вина,

Я пью один, нет никого со мною.

Взмахну бокалом – приходи, луна!

Ведь с тенью нас и вовсе будет трое.

Луна, конечно, не умеет пить,

Тень лишь копирует мои движенья,

И все-таки со мною разделить

Помогут мне весеннее броженье.

Луна шалеет от моих рулад,

А тень сбивают с ног мои коленца,

Пока мы пьем – друг другу каждый рад,

Упьемся – наша тройка распадется···

А что бы – дружества Земли презрев,

Бродить мне с вами между звездных рек!

—С. А. Торопцев

ЧАНГАНЬСКИЕ МОТИВЫ

Еще не носила прически я

Играла я у ворот,

И рвала цветы у себя в саду,

Смотрела, как сад цветет.

На палочке мой муженек верхом

Скакал, не жалея сил,

Он в гости ко мне приезжал тогда

И сливы мне приносил.

Мы были детьми в деревне Чангань,

Не знающими труда,

И, вместе играя по целым дням,

Не ссорились никогда.

Он стал моим мужем, - а было мне

Четырнадцать лет тогда,

И я отворачивала лицо,

Пылавшее от стыда.

Я отворачивала лицо,

Пряча его во тьму,

Тысячу раз он звал меня,

Но я не пришла к нему.

Я расправила брови в пятнадцать лет,

Забыла про детский страх,

Впервые подумав: хочу делить

С тобой и пепел и прах.

Да буду я вечно хранить завет

Обнимающего устой,

И да не допустит меня судьба

На башне стоять одной!

Шестнадцать лет мне теперь - и ты

Уехал на долгий срок.

Далеко, туда, где в ущелье Цюйтан

Кипит между скал поток.

Тебе не подняться вверх по Янцзы

Даже к пятой луне.

И только тоскливый вой обезьян

Слышишь ты в тишине.

У нашего дома твоих следов

Давно уже не видать,

Они зеленым мхом поросли

Появятся ли опять?

Густо разросся зеленый мох

И след закрывает твой.

Осенний ветер весь день в саду

Опавшей шуршит листвой.

Восьмая луна – тускнеет все,

Даже бабочек цвет.

Вот они парочками летят,

И я им гляжу вослед.

Осенние бабочки! Так и я

Горою перед зимой

О том, что стареет мое лицо

И блекнет румянец мой.

Но, рано ли, поздно ли, наконец

Вернешься ты из Саньба.

Пошли мне известье, что едешь ты,

Что смилостивилась судьба.

Пошли – и я выйду тебя встречать,

Благословив небеса,

Хоть тысячу ли я пройду пешком,

До самого Чанфэнса.

—А. Гитович

Провожаю друга

Зеленые горы торчат над северной частью,

А белые воды кружат возле восточных стен.

На этой земле мы как только с тобою простимся,

Пырей - сирота ты - за тысячи верст.

Плывущие тучи - вот твои мысли бродят.

Вечернее солнце - вот тебе друга душа.

Махнешь мне рукою - отсюда сейчас уйдешь ты,

И грустно, протяжно заржет разлученный конь.

—А. Алексеев

参考文献

一、中文文献

曹明伦，2007. 语言转换与文化转换——读宋正华译《苏格兰》[J]. 中国翻译（2）：85-88.

陈洁，1993. 俄汉句群翻译初探 [J]. 解放军外语学院学报（1）：88-94.

陈平，1987. 话语分析说略 [J]. 外语教学与研究（3）：4-19.

范家材，1992. 英语修辞赏析 [M]. 上海：上海交通大学出版社.

傅正义，2002. 中国诗歌"无我之境"奠基者——陶渊明 [J]. 西南民族学院学报（哲学社会科学版）（10）：59-62.

谷羽. 李白《渌水曲》在国外的流传 [N]. 中华读书报，2012-12-05（19）.

郭纯洁，2006. 英汉语篇信息结构的认知对比研究 [M]. 南京：南京大学出版社.

胡壮麟，1994. 语篇的衔接与连贯 [M]. 上海：上海外语教育出版社.

胡壮麟，朱永生，张德禄，1996. 系统功能语法概论 [M]. 长沙：湖南教育出版社.

胡壮麟，朱永生，张德录，等，2005. 系统功能语言学概论 [M]. 北京：北京大学出版社.

韩玉平，2001. 主位推进模式与汉英语篇翻译 [J]. 枣庄师专学报（4）：19-22.

黄国文，1988. 语篇分析概要 [M]. 长沙：湖南教育出版社.

黄国文，2001. 语篇分析的理论与实践 [M]. 上海：上海外语教育出版社.

黄国文，2006. 翻译研究的语言学探索——古诗词英译本的语言学分析 [M]. 上海：上海外语教育出版社.

黄衍，1985. 试论英语的主位和述位 [J]. 外国语（上海外国语学院学报）（5）：32-36+18.

李春蓉，2012. 实义切分理论研究的历史及现状 [J]. 牡丹江师范学院学报（哲学社会科学版）（1）：71-74.

李春蓉，2012. 论诗歌的整合性和完整性 [J]. 外国语文（7）：40-43.

李春蓉，2015. 语篇回指对比与翻译 [M]. 成都：四川大学出版社.

李明，2009. 得意岂能忘形——从《傲慢与偏见》的两种译文看文学翻译中主位—信息结构之再现 [J]. 广东外语外贸大学学报（4）：88-92.

李清渊，1989. 李白与崔宗之酬赠诗考 [J]. 李白学刊（1）：153-161.

李运兴，2001. 语篇翻译引论 [M]. 北京：中国对外翻译出版公司.

李运兴，2003. 英汉语篇翻译 [M]. 北京：清华大学出版社.

刘富丽，2006. 英汉翻译中的主位推进模式 [J]. 外语教学与研究（5）：309-312.

潘文国，1997. 汉英语对比纲要 [M]. 北京：北京语言大学出版社.

钱林森，2007. 法国汉学家论中国文学：古典诗词 [M]. 北京：外语教学与研究出版社.

司显柱，1999. 论语篇为翻译的基本单位 [J]. 中国翻译（2）：14-17.

孙玉石，2007. 中国现代诗歌艺术 [M]. 武汉：长江文艺出版社.

孙元，2007. 统计与分析：文学翻译中链式同义联系的转换 [J]. 中国俄语教学（4）：43-47.

沈伟栋，2000. 话语分析与翻译 [J]. 中国翻译（6）：27-29.

童庆炳，1988. 文学理论教程 [M]. 北京：高等教育出版社.

王福祥，1984. 俄语实际切分句法 [M]. 北京：外语教学与研究出版社.

王松林，1987. 苏联话语语言学的发展 [J]. 中国俄语教学（4）：25-28.

卫真道，2002. 篇章语言学 [M]. 徐赳赳，译. 北京：中国社会科学出版社.

吴贻，雷秀英，王辛夷，等，2003. 现代俄语语篇语法学 [M]. 北京：商务印书馆.

谢云才，2002. 俄苏翻译理论发展百年历程回眸 [J]. 辽宁大学学报（哲学社会科学版）（2）：68-70.

许钧，穆雷，2009. 翻译学概论 [M]. 南京：译林出版社.

徐赳赳，1995. 话语分析二十年 [J]. 外语教学与研究（1）：14-20.

徐盛桓，1982. 主位和述位 [J]. 外语教学与研究（1）：1-9.

徐盛桓，1983. 汉语主位化初探 [J]. 华南师范大学学报（社会科学版）（4）：102-109.

徐盛桓，1985. 再论主位和述位 [J]. 外语教学与研究（4）：19-25.

徐盛桓，1996. 信息状态研究 [J]. 现代外语（2）：5-12+72.

徐志明，1990. 欧美语言学简史 [M]. 上海：学林出版社.

杨林，2008. 汉英语篇翻译中主位、信息结构的解构与重构 [J]. 西北第二民族学院学报（哲学社会科学版）（1）：111-115.

杨仕章，2006. 俄罗斯语言翻译学研究的八大领域 [J]. 外语研究（3）：56-60.

杨仕章，2010. 俄语篇章汉译研究：回顾与前瞻 [J]. 中国俄语教学（2）：

56-60+44.

余光中, 2002. 余光中谈翻译 [M]. 北京：中国对外翻译出版公司.

余立三, 1985. 英汉修辞比较与翻译 [M]. 北京：商务印书馆.

詹杭伦, 刘若愚, 2005. 融合中西诗学之路 [M]. 北京：文津出版社.

张德明, 1998. 人类学诗学 [M]. 杭州：浙江文艺出版社.

张会森, 2004. 俄汉语对比研究 [M]. 上海：上海外语教育出版社.

张今, 张克定, 1998. 英汉信息结构对比研究 [M]. 开封：河南大学出版社.

张美芳, 黄国文, 2002. 语篇语言学与翻译研究 [J]. 中国翻译（3）：3-7.

张馨, 2008. 主述位结构与英汉翻译 [J]. 贵州民族学院学报（3）：166-168.

赵陵生, 1981. 俄语词序与翻译 [J]. 外语教学与研究（1）：18-23+77.

赵陵生, 1985. 表达句子中心信息的手段——俄汉词序比较 [J]. 外语教学与研究（3）：41-44.

赵毅衡, 2013. 诗神远游：中国如何改变了美国现代诗 [M]. 成都：四川文艺出版社.

朱永生, 1990. 主位与信息分布 [J]. 外语教学与研究（4）：23-27+80.

朱永生, 1995. 主位推进模式与语篇分析 [J]. 外语教学与研究（3）：6-12+80.

朱永生, 严世清, 2001. 系统功能语言学多维思考 [M]. 上海：上海外语教育出版社.

朱永生, 2001. 英汉语篇衔接手段对比研究 [M]. 上海：上海外语教育出版社.

一、英文文献

BAKER M, 1992. In Other Words: A Coursebook on Translation[M]. London: Routledge.

BAKER M, 2008. Routledge Encyclopedia of Translation Studies[M]. London: Routledge.

BAKER M, 2006. Translation and Conflict: A Narrative Account[M]. London and New York: Routledge.

BEAUGRAND R DE, DRESSLER W, 1981. Introduction to Text Linguistics[M]. London: Longman.

BOLINGER D, 1979. Pronouns in discourse[A]//GIVON T. Syntax and Semantics 12: Discourse and Syntax. New York: Academic Press.

BROWN G, YULE G, 2000. Discourse Analysis[M]. Beijing: FLTRP.

CATFORD C J, 1965. A Linguistic Theory of Translation[M]. London: Oxford University Press.

CHAFE W, 1976. Givenness, Contrastiveness, Definiteness, Subjects, Topics and Point of View[C]//Charles N. Subject and Topic, New York: Academic Press.

GREGORY M, CARROLL S, 1978. Language and Situation: Language Varieties and Their Social Contexts[M]. London:

Routledge & Kegan Paul Ltd.

GRICE P, 1975. Logic and Conversation[C]//COLE P, MORGAN J. Syntax and Semantics. New York: Academic Press.

HALLIDAY M A K, 1962. Descriptive Linguistics in Literary Studies[C]//DUTHIE G I. English Studies Today. 3rd Series. Edinburgh: Edinburgh University Press.

HALLIDAY M A K, HASAN R, 1976. Cohesion in English[M]. London and New York: Longman Publishing House.

HALLIDAY M A K, 1994. An Introduction to Functional Grammar[M]. London: Arnold.

HATIM B, MASON I, 1990. Discourse and Translator[M]. London: Longmon.

HATIM B, MASON I, 1997. The Translator as Communicator[M]. London and New York: Routledge.

HOEY M, 1991. Patterns of Lexis in Text[M]. Oxford: Oxford University Press.

JAKOBSON R, 1959. On Linguistic Aspects of Translation[C]// BROWN R, CAMBRIDGE A. On Translation. Mass: Harvard University Press.

LYONS J, 1970. New Horizons in Linguistics[M]. Baltimore: Pelican.

MUNDAY J, 2012. Introducing Translation Studies[M]. 3rd Edition Oxon and New York: Routledge.

MUNDAY J, 2012. Evaluation in Translation: Critical Points of Translator Decision-making [M]. Oxford and New York: Routledge.

NEWMARK P, 1988. A Textbook of Translation[M]. London: Prentice Hall International Ltd.

NEWMARK P, 2001. Approaches to Translation[M]. Shanghai: Shanghai Foreign Language Education Press.

NIDA E A, 1993. Language, Culture and Translation[M]. Shanghai: Shanghai Foreign Language Education Press.

PAPEGAAIJ B, SCHUBERT K, 1988. Text Coherence in Translation[M]. Dordrecht: Foris Publications.

SCHIFFRIN D, TANNEN D, HAMILTON H, 2001. The Handbook of Discourse Analysis[M]. Massachusetts and Oxford: Blackwell Publishers Inc.

WILSS W, 1982. The Science of Translation[M]. London: Gunter.

XU Y L, 1987. A Study of Referential Functions of Demonstratives in Chinese discourse[J]. Journal of Chinese Linguistics, 15 (1): 132-151.

二、俄文文献

Бархударов Л. С. Язык и перевод[M]. М.: Международные отношения, 1975.

Вейхман Г. А. Грамматика текста [M]. М.: Издательство Высшая школа, 2005.

Вольф Е. М. Грамматика и семантика местоимений [M]. М.: Издательство Наука, 1974.

Гальперин И. Р. Текст как объект лингвистического исследования [M]. М.: Издательство Наука, 1981.

Доблаев, Л. П. Логика - психологический анализ текста[M]. Саратов: Изд. Саратовского университета, 1969.

Ковтунова И. И. Современный русский язык. Порядок слов и актуальное членение предложения[M]. М.: Издательство Эдиториал УРСС, 1976.

Комиссаров В. Н. Слово о переводе[M]. М.: Международные отношения, 1973.

Комиссаров В. Н. Лингвистика перевода [M]. М.: Международные отношения, 1980.

Комиссаров В. Н. Теория перевода (лингвистические аспекты) [M]. М.: Высшая школа, 1990.

Комиссаров В. Н. Современное переводоведение. Курслекций[M]. М.: ЭТС, 1999.

Латышев Л. К. Перевод: проблемы теории, практики и методики преподавания[M]. М.: Просвящение, 1988.

Латышев Л. К. Технология перевода[M]. М.: НВИ ТЕЗАУРУС, 2001.

Лилова А. Введение в общую теорию перевода[M]. М.: Высшая школа, 1985.

Лосева Л. М. Какстроится текст [M]. М.: Издательство Просвещение, 1980.

Ломоносов М. В. Об ораторском искусстве [M]. М.: Издательство Просвещение, 1957.

Матезиус В. О так называемом актуальном членении предложения[C]//сборник статей Пражский лингвистический кружок. М.: Издательство Прогресс, 1967.

Матезиус В. Основная функция порядка слов в чешском языке[C]//сборник статей Пражский лингвистический кружок. М.: Издательство Прогресс, 1967.

Миньяр‐Белоручев Р. К. Теорияиметодыперевода[M]. М.: Московский Лицей, 1996.

Попович А. Проблемы художественного перевода[M]. М.: Высшая школа, 1980.

Поспелов Н. С. Проблема сложного синтаксического целого в современном русском языке. М.: Ученые записки МГУ, 1948（137）.

Поспелов Н. С. Сложное синтаксическое целое и основные особенности его структуры. М.: Ученые записки МГУДоклады и сообщения Института русского языка АН СССР, 1948（2）．

Рецкер Я. И. Теория перевода и переводческая практика[M]. М.: Международные отношения, 1974.

Солганик Г. Я. От слова к тексту [M]. М.: ЛКИ, 1993.

Солганик Г. Я. Синтаксическая стилистика [M]. М.: ЛКИ, 1973/2007.

Топер П. М. Перевод в системе сравнительного литературоведения [M]. М.: Наследие, 2000.

Федоров А. В. Введение в теорию перевода[M]. М.: Издательство литературы наиностранных языках, 1953.

Федоров А. В. Основы общей теории перевода（лингвистические проблемы）[M]. М: Высшая школа, 1983.

Черняховская Л. А. Перевод и смысловая структура[M]. М.: Международные отношения, 1976.

Швейцер А. Д. Перевод и лингвистика[M]. М: Воениздат, 1973.

Швейцер А. Д. Советская теория за 70 лет[J]. Вопросы языкознания, 1987（5）．

Швейцер А. Д. Теория перевода: Статус, проблемы, аспекты[M]. М.: Наука, 1988.

后记

　　翻译是中国古典诗歌走向世界的关键。再经典的文本，也要经由翻译才能在他国的文化土壤里获得"后起的生命"。作为中国古典诗歌巅峰之作的唐诗，其翻译过程中凸显出的重要问题，同时也是中国典籍翻译过程中共有的核心问题。唐诗译者在翻译中遇到的种种尴尬，很好地诠释了文本在跨语际实践中的重塑过程及转换模式，反映了为异质文学、文化提供对话平台的艰难及必要性。本书从语篇翻译的角度对唐诗的英译和俄译进行比较研究和评价。具体运用英国翻译理论家贝克，俄罗斯翻译理论家科米萨罗夫、巴尔胡达洛夫提出的语篇翻译理论，从主位结构、信息结构和衔接系统三个语篇层面考察唐诗的不同译本。这是对长期以来唐诗外译主要从文艺学角度进行研究的重要补充。

　　本书是笔者博士后研究期间的成果。最诚挚的感谢致以我的博士后合作导师——俞理明先生。感谢先生给予我在四川大学文学与新闻学院进行研究工作的机会。先生严谨的治学态度、精深的学术积淀、平易近人的处世风格都将是我终其一生的学习榜样。每次与先生交流，先生都耐心地指出我的不足，教我如何更好地阐述自己的观点，并启发我进一步思考。博士后研究期间，在先生的悉心指导下，我在学术的道路上取得了一定的进步。我从先生身上学到的踏实严谨的治学态度将会令我受益终身。感谢先生一直以来对我的关心和厚爱，真诚祝愿先生幸福安康。

　　感谢四川大学文学与新闻学院的曹顺庆教授、刘亚丁教授、杨文全教授和熊兰书记。他们或授业解惑，或加以鼓励，或不惜支持。特别的感谢致以美国犹他大学的吴伏生教授，吴先生在百忙之中为我答疑解惑，并为我收集相关的研究材料。

科研道路一路走来，离不开无数老师的关怀。感谢我硕士学习阶段的导师——四川外国语大学的孙致祥教授，恩师的关怀一直延续至今，见证了我在学术道路上的成长。感谢我的工作单位——四川大学外国语学院长期以来对我科研工作的支持和肯定。感谢四川大学外国语学院石坚教授、段峰教授、刘利民教授、王欣院长，你们在学习、工作中给我的支持和鼓励，总是能给我极大的信心，让我有勇气一直向前。

感谢全体俞门弟子。在恩师的感召下，我们俞门弟子一直以来秉承着团结、友爱的优良传统，互帮互助，彼此之间结下了深厚的情谊。能与你们同行实属我的幸运。

最后，我想把最深的谢意留给我的父母和家人。科研路上的每一步都离不开父母和家人对我无私的帮助。有了他们的付出，我才能心无旁骛，专心工作。

李春蓉

2024年8月于成都